LA CONFABULACIÓ DELS SUÏCIDES

L'Ull de Vidre

Obres de Petros Màrkaris
a Tusquets Editors

L'ULL DE VIDRE
Suïcidi perfecte
Mort a Istanbul
Amb l'aigua fins al coll
Liquidació final
Pa, educació, llibertat
Fins aquí hem arribat
Offshore
Universitat per a assassins
L'hora dels hipòcrites
Ètica per a inversors
La confabulació dels suïcides

*

La mort d'Ulisses
Quarantena

PETROS MÀRKARIS

LA CONFABULACIÓ DELS SUÏCIDES

Traducció del grec de Joaquim Gestí

TUSQUETS
EDITORS

Col·lecció dirigida per Antoni Marí

Títol original: *Το κίνημα της αυτοκτονίας (To kínima tis aftoktonias)*

1a edició: abril del 2023

Disseny de la col·lecció: Guillemot-Navares

Tusquets Editores, S.A. - Av. Diagonal 662-664 - 08034 Barcelona
www.tusquetseditores.com
ISBN: 978-84-1107-279-3
Dipòsit legal: B. 4.361-2023
Fotocomposició: Realització Tusquets Editors
Imprès a: CPI Black Print

Certificat PEFC
Aquest llibre procedeix de boscos gestionats de forma sostenible i fonts controlades
PEFC
PEFC/14-38-00305
www.pefc.es

El paper utilitzat per a la impressió d'aquest llibre té la qualificació de paper ecològic i procedeix de boscos gestionats de manera sostenible.

A la memòria d'Andrea Camilleri

Em faig vell aprenent sempre moltes coses.

Soló d'Atenes

1

Les visites matinals em provoquen un desagradable pressentiment. Per sort, no és el cas de la visita de la Stel·la.

—Ha trucat algú anomenat Vlasópulos que vol parlar amb vostè. M'ha dit que el coneixia. —Veu la meva cara de sorpresa i em pregunta, per estar-ne segura—: ¿El coneix?

—Sí, i tu també. Abans estava destinat aquí, a Homicidis. Potser no et sona pel nom, però segur que l'havies vist acompanyar-me al despatx d'en Guikas. —N'hi faig una descripció i el recorda de seguida.

—¡I tant que sé qui és! Ara li truco, comissari.

Mentiria si digués que estic entusiasmat. En Vlasópulos va ser subordinat meu durant molts anys, però ens vam separar en circumstàncies desagradables. Quan l'anterior sotsdirector em va fer la vida impossible, en Vlasópulos li va fer costat, amb l'esperança que així s'asseguraria un ascens. No se'n va sortir i va veure's obligat a demanar el trasllat, perquè ja se'ns va fer impossible conviure a la mateixa unitat. Des d'aleshores no hi havia tingut contacte i ara em pregunto com l'he de tractar.

El telèfon m'interromp els pensaments.

—Bon dia, senyor sotsdirector. ¿Se'n recorda de mi? —em pregunta amb una veu que sona cordial.

—És clar que et recordo, Vlasópulos. ¿Com vols que

m'hagi oblidat de tu, després de tants anys treballant junts? —responc, intentant retornar-li la cordialitat.

Després de les habituals preguntes sobre la salut, la nostra i la de les nostres famílies en època de pandèmia, finalment arribem a la qüestió que ens ocupa.

—Actualment soc el cap de la comissaria d'Egaleo. Li he trucat per demanar-li la seva opinió. Ahir, un home anomenat Dimosthenis Begleris es va suïcidar al barri. Tenia uns noranta anys. Ens n'hem assabentat per casualitat aquest matí. El metge que va anar a certificar la mort va pensar que ens havia d'enviar la carta que va deixar amb els motius del suïcidi.

—¿Hi ha res a la carta que t'hagi semblat sospitós?

—A sota de la signatura hi ha afegida una frase: «¡Visca la confabulació dels suïcides!». No m'he quedat tranquil i he pensat que l'havia d'informar.

—¿Hi ha cap altra declaració o sobreentès, a la carta?

—No. Fa una descripció de la misèria del seu voltant per justificar la decisió de suïcidar-se. Només això.

—¿Com es va suïcidar? —li pregunto.

—La neta, que li portava menjar al vespre, el va trobar al llit amb una navalla al costat. S'havia tallat les venes.

—Llavors, probablement la frase final sigui un crit de desesperació.

—Sí, probablement —hi està d'acord en Vlasópulos.

Prefereixo no abaixar la persiana de cop, ara que hem represès el contacte.

—Envia'm la carta del suïcida, que la llegeixi, i en tornem a parlar.

—L'hi envio per correu electrònic de seguida —em respon, i pengem.

La pandèmia ens manté en estat d'alerta. Ara, al confinament general se li han afegit també càrregues addicionals com un impost extraordinari.

Fins i tot la nostra vida familiar és una prova de nervis constant. En Fanis ha prohibit que la Melpo s'ocupi d'en Lambros perquè té por que porti el virus de l'asil on s'allotja, malgrat que en Zisis fa proves setmanals als sensesostre que encara no s'han vacunat. Això vol dir que l'Adrianí s'ha hagut de fer càrrec del net a temps complet.

Tot i això, són els pares, que la treuen de polleguera, més que el nen. La Katerina intenta portar els casos per via telemàtica o per telèfon, però els jutjats estan en compàs d'espera i gairebé no se celebren judicis. D'altra banda, la pressió a l'hospital ha fet que en Fanis estigui físicament i mentalment destrossat. Quan torna a casa no té ganes de badar boca ni per menjar. Li costa fins i tot agafar el fill en braços una estona. Ell i la Katerina discuteixen sense parar.

Per sort, l'Adrianí, en Fanis i jo ja estem vacunats. Només la Katerina encara ho té pendent.

El més relaxat de la família soc jo. A Prefectura hi ha una calma absoluta. És com quan fa bon temps, que no es mou ni una fulla. Sembla com si el confinament hagués tancat a casa fins i tot els assassins. Al ritme que anem, d'aquí a no res començarem a jugar a dames i a cartes, per matar l'horari laboral.

Cada nit poso rumb cap a ca la meva filla, a veure si aconsegueixo aixecar l'ànim de la família.

Començo pel meu net, que m'espera com si fos Mickey Mouse. Juguem plegats fins a l'hora de sopar i d'anar a dormir. A continuació, és el torn del trio familiar. Intento relaxar una mica l'ambient perquè la tensió diària acaba en crits i baralles pel motiu més insignificant.

Aquest programa diari es respecta escrupolosament i sense excepcions. Per descomptat, l'Adrianí s'encarrega de portar-me roba de casa perquè em canviï i no em passegi per ca la Katerina amb la roba de la feina.

La cirereta del pastís és l'absència d'en Zisis. Malgrat la vacuna, no treu el nas de l'asil. D'una banda, perquè amb les dificultats actuals en vol supervisar dia a dia el funcionament. De l'altra, perquè es vol anticipar als tripijocs d'alguns dels residents, perquè tem que, aprofitant la seva absència, s'escapin del centre i tornin de bracet del virus. Tot això ha portat en Zisis a implementar una quarantena informal.

La Stel·la interromp els meus pensaments amb la carta del suïcida. Està escrita a mà.

> Tinc noranta anys. Vaig començar d'obrer de la construcció a la plaça Kotziàs i vaig arribar a tenir casa pròpia. M'he passat tota la vida lluitant i patint. Ara miro al voltant i el combat s'ha convertit en una pròrroga de futbol que no s'acaba mai. La pandèmia l'estan pagant les botigues, els bars i els restaurants. Tot està tancat. La gent no en té ni per menjar, però ningú no surt a protestar. A la meva època, ens hauríem empescat cent maneres de mobilitzar-nos. Fins i tot, només plantar-se davant la porta d'una botiga tancada amb un cartell que digués «tenim fam» ja seria una protesta. Aleshores no teníem ni un ral. La gent d'ara s'ha gastat els calés en luxes falsos. Veig la misèria a la televisió i em faig mala sang. Primer vaig perdre la dona. Després la filla. Només em queda la neta, la Iana, que cada dia em porta un plat de menjar i em dona una mica de conversa. Més val tancar els ulls i descansar. Potser si poso fi a la meva vida en despertaré alguns perquè lluitin.
>
> Iana estimada, és hora d'anar-me'n. Que la meva pèrdua no t'entristeixi. Pensa que estaré millor. Adeu-siau.
>
> Dimos Begleris
> ¡Visca la confabulació dels suïcides!

Llegeixo la carta dues vegades, però no hi trobo res estrany ni sospitós. Un home de noranta anys que ha perdut la dona i la filla, i que viu sol, decideix posar fi a la seva vida. La resta, sobre l'esperit de lluita, només és una manera de posar de relleu el seu desencís i de justificar la decisió.

Tot i això, no em vull limitar només a la meva conclusió, per por que se m'hagi escapat alguna cosa, de manera que convoco el meu equip i els faig llegir la carta de comiat del senyor Begleris. Quan acaben, tots em miren amb cara de sorpresa.

—¿Quin problema hi veu, comissari? —em pregunta en Dermitzakis, astorat.

Li explico el punt de vista d'en Vlasópulos. En sentir el nom, la Kula i en Dermitzakis es queden de pedra.

—¿On és ara? —em pregunta la Kula.

—És el cap de la comissaria d'Egaleo.

—¿I què és el que no li acaba de fer el pes? —pregunta en Dermitzakis, que continua sorprès.

—L'última frase, on diu «visca la confabulació dels suïcides», li ha aixecat sospites.

—Au, va, no fotem. ¿Quina lògica podem esperar d'algú que està a punt de suïcidar-se? —comenta en Dermitzakis.

La discussió s'acaba de manera unànime. De seguida truco a en Vlasópulos.

—Aquí tots estem d'acord que es tracta d'un crit de desesperació d'en Begleris abans de posar fi a la seva vida —li dic.

—D'acord, aleshores puc estar segur que no se m'ha escapat res.

Li transmeto les salutacions d'en Dermitzakis i de la Kula, en Vlasópulos em promet visitar-nos a la primera oportunitat i pengem.

2

Antigament, quan volíem destacar la rutina, dèiem: «Sense novetat al front». Això ha canviat amb el coronavirus. Ara diem: «Anem del foc a les brases», perquè realment cada dia anem de mal en pitjor.

A casa de la meva filla, però, continuem amb la cançó de l'enfadós. Cada nit m'hi espera una nova sorpresa, que es veu superada i engolida per la rutina: la irritació d'en Fanis, que torna esgotat de l'hospital, i l'estrès de la meva filla per culpa del calvari que li provoca la feina.

La primera víctima d'aquest patiment és el seu fill. L'esbronquen per qualsevol cosa i en Lambros es posa a plorar. L'únic que el protegeix és l'àvia. De seguida el porta a l'habitació i intenta calmar-lo.

Amb aquests pensaments truco al timbre de la Katerina. M'obre l'Adrianí amb en Lambros als braços.

—L'avi. Ha arribat l'avi —li diu contenta mentre el fa ballar. Després es gira cap a mi—: Canvia't i vine a la seva habitació —em diu secament.

El seu to m'anuncia que la cançó de l'enfadós, que deia, continua. Em canvio de roba i vaig a l'habitació del meu net. L'agafo i en Lambros de seguida manifesta l'alegria de la nostra trobada.

El deixo a terra i començo a muntar-li el trenet de joguina

que hi ha escampat. El trenet és la seva gran debilitat. Quan veu que es mou damunt les vies, comença a riure i a picar de mans. Ara fa el mateix, mentre imito el xiulet del tren.

—¿Tornen a estar en peu de guerra? —pregunto a l'Adrianí, mentre en Lambros s'entreté amb el trenet.

La meva dona obre els braços desesperada.

—Que una parella tan enamorada, amb una vida tan harmoniosa, acabi barallant-se cada dia, per a mi és un misteri.

El tren s'ha aturat i en Lambros demana la meva atenció a crits. Mentre dono corda a la màquina perquè torni a rodar, entra la Katerina.

—Bona nit, pare —em diu secament i es gira cap a la seva mare—: El menjar del nen està a punt. ¿L'hi dones tu o ho faig jo?

—Fes-ho tu. Jo m'encarregaré del sopar.

Ens traslladem tots a la sala d'estar. La taula ja està parada per a en Lambros amb el menjar a punt. La Katerina l'asseu i comença a donar-l'hi.

Arriba en Fanis, que s'atansa al nen, li acarona suaument l'esquena i li fa un petó. Després s'aparta i es deixa caure en una butaca. Sembla desfet, tot i que no sé si es tracta d'una desfeta física o mental. Probablement són totes dues coses.

Mentre en Lambros menja prefereixo no badar boca, no sigui que l'espanti qualsevol discussió i li tregui la gana. Per sort, arriba l'Adrianí i comença a parar taula.

—Au, va, digues bona nit i anem a fer nones —li diu la Katerina, mentre se'l carrega als braços. La criatura rep els nostres petons i se'n va a dormir.

Els altres tres ens quedem en silenci. En Fanis no està d'humor per xerrar i nosaltres, la meva dona i jo, no sabem què dir. L'Adrianí acaba de parar taula i tot seguit porta el sopar. Ha preparat estofat de xai. Esperem que torni la Katerina per seure.

L'Adrianí serveix els plats, però abans de començar a menjar trenca el seu silenci.

—Vull deixar clara una cosa, ara que en Kostas també hi és. Si teniu la intenció de continuar les vostres baralles diàries, més val que ens deixeu portar el nen a casa nostra. Té els nervis destrossats, i un nadó tan tranquil com ell esclata constantment en crits i plors. Si la cosa no canvia, em fa por que de gran acabi tenint problemes psicològics.

La Katerina i en Fanis romanen en silenci, amb l'esguard clavat al plat. L'Adrianí em llança una mirada, com demanant-me que li agafi el testimoni.

—Sou una parella tan tranquil·la... ¿Què us agafa, ara, que no pareu de discutir entre vosaltres? —els pregunto.

En Fanis aixeca els ulls del plat i em mira.

—Tu ets policia, ¿no? ¿No has sentit a parlar de la transgressió dels límits humans?

—¿Si n'he sentit a parlar? Si més no, és la causa de la meitat dels assassinats que he hagut de resoldre.

—Això és exactament el que ens ha passat a la Katerina i a mi. Hem superat els nostres límits. Jo a l'hospital, que està a punt del col·lapse. No ens dediquem a res més que a lluitar contra el coronavirus, malgrat que també hi ha altres malalties molt greus. Cada dia és pitjor que l'anterior i no sabem quan ni si mai tornarem a la normalitat. Quan arribo a casa, estic desbordat i acabo buscant qualsevol excusa per explotar.

Calla, mentre jo em giro cap a la meva filla.

—I tu, ¿per què estàs angoixada?

Al principi la Katerina fa un esforç per mantenir la calma.

—Pare, tu tens una plaça fixa a la policia i un sou estable. Posa't, però, en el meu cas. Els jutjats estan tancats i la majoria dels meus clients o han tancat el negoci o estan sense un ral. Encara que la Mània i jo compartim despatx, cada mes hem de pagar un lloguer i una secretària, a banda que no aporto ni un euro a casa. I tot això sense tenir ni idea de quan tornarà a funcionar amb normalitat el despatx ni quan podré donar resposta a les meves obligacions professionals i familiars. O sigui que jo et pregunto: ¿com vols que no em vegi superada per les circumstàncies?

—I avui, ¿per què us heu barallat? ¿Per culpa de l'hospital o per culpa del bufet?

En Fanis i la Katerina es miren incòmodes, i de sobte esclaten a riure.

—Per culpa del suïcidi —em diu en Fanis, mentre continua rient.

—¿Suïcidi? —Em pregunto si ho he sentit bé.

—La Katerina t'ho explicarà.

—Quan estava treballant a l'ordinador, he obert Facebook i he ensopegat casualment amb la publicació d'una carta d'un vell de noranta anys que s'havia suïcidat. —De sobte se m'encenen les alarmes, però no dic res per no interrompre-la—. El suïcida deia que s'havia passat la vida lluitant i que no podia suportar veure que ningú es rebel·lava o protestava. I concloïa que preferia morir amb l'esperança que potser amb la seva mort altres es despertarien. —Fa una pausa i respira profundament—. Quan l'hi he explicat a en Fanis, s'ha posat a cridar com un boig. M'ha dit que, al capdavall, a una persona de noranta anys li queden dies de vida comptats. En canvi, si la gent es rebel·la per culpa de la carta que ha deixat, hi pot haver un nou augment de casos i el sistema sanitari es col·lapsarà. Jo l'he acusat d'insensible i així ha començat la baralla.

Calla, s'agafa el cap amb les mans i somriu.

—El suïcida, ¿es deia Dimosthenis? —li pregunto. Tres parells d'ulls es giren sorpresos i em miren.

—Em sembla que sí —em respon la Katerina. Treu de la

bossa el mòbil i comença a buscar-lo—. Sí... Dimosthenis Begleris... —em diu al cap de poc.

—¿I la carta s'acaba amb la frase: «¡Visca la confabulació dels suïcides!»?

—¿I tu com ho saps, això? —em pregunta l'Adrianí, bocabadada.

—M'ho ha fet arribar un antic col·lega. Va llegir l'última frase i el va fer sospitar.

—¿Tu què en penses? —em pregunta la meva filla.

—Res. Ho hem comentat a la brigada i hem arribat a la conclusió que només és un crit de desesperació.

—El suïcidi també és una transgressió dels límits —afegeix en Fanis.

L'Adrianí es persigna.

—Que Déu ens empari, perquè jo ja no sé què més ens espera —comenta.

—L'Adrianí té raó. Precisament perquè no ho sabem, què ens espera, necessitem calma i donar-nos suport els uns als altres.

La resta del sopar es desenvolupa amb normalitat i enmig d'una conversa distesa, però el meu pensament continua preocupat per la difusió de la carta a través de les xarxes socials. És possible que l'hagi publicat la neta i que s'hagi començat a escampar.

—Sembla que la situació s'ha calmat una mica —li dic a l'Adrianí de camí a casa.

—Tant de bo. Espero no haver de dir que «després de la calma arriba la tempesta» —em respon, i continua—: No et pots ni imaginar quins nervis em provoca esperar la tornada d'en Fanis i que comenci la baralla. Si jo tinc els nervis destrossats, ¿com volen que ho suporti una criatura de dos anys?

Quan arribem a casa, miro l'hora que és. D'aquí a un

quart comença el butlletí de notícies del vespre i decideixo seguir-lo. La difusió de la carta d'en Begleris m'ha provocat una inquietud que no puc explicar. Prefereixo escoltar les últimes notícies per si mentrestant ha sorgit res de nou que hagi de tenir en compte.

—Em quedo a veure les notícies —dic.

La meva dona em mira amb sorpresa.

—La meva dosi de mala sang per culpa del coronavirus ja me l'han posat tota, aquesta nit. No me'n cal una segona —respon, i se'n va a l'habitació.

Quan comença el butlletí, em felicito a mi mateix per no haver-me equivocat. La carta és la segona notícia, just després de les novetats sobre el coronavirus. La carta, a més, apareix a la pantalla, per si hi ha algú que encara no l'hagi vist penjada a les xarxes.

Recentment, s'ha posat de moda convidar un expert per a cada tema per oferir als teleespectadors una anàlisi més profunda. En el cas d'en Begleris apareix un psiquiatre, que dona les explicacions i els arguments corresponents. Tot es redueix a la paraula que hem pronunciat a taula mentre sopàvem: desesperació.

La sorpresa, però, es produeix al final i no és agradable ni per a la policia ni per als metges.

Les associacions de comerciants han anunciat que demà organitzaran actes de protesta contra el confinament. Per increïble que sembli, en Begleris els ha mobilitzat amb el seu suïcidi, em dic.

Apago la televisió i vaig al bany a desvestir-me. Quan entro al dormitori, l'Adrianí fa estona que dorm profundament.

3

Sovint em passa que el cafè se'm refreda per culpa d'una reunió o d'un interrogatori urgent, però no tenir temps ni de fer un glop perquè una persona gran s'ha llevat la vida, això no m'havia passat mai. Just entrar al despatx de la Stel·la amb el cafè a la mà, em trobo l'Alamanos, el comandant de la Brigada Antiavalots, esperant-me.

—He vingut a informar-te d'una concentració que hi ha prevista avui —m'anuncia, relaxat i rialler, quan entrem al meu despatx.

—Ho vaig sentir ahir a la nit a les notícies. ¿Saps on serà?

L'Alamanos em mira.

—Vet aquí el problema.

—¿Què vols dir?

—Ara mateix encara no en sabem res, de la concentració, ni el lloc ni l'hora. Com et pots imaginar, com que les concentracions estan prohibides, no seran tan rucs d'informar-nos-en i que els dispersem abans no tinguin temps de reunir-se.

—¿I què fem?

—Hem decidit apostar unitats a les dues places on normalment es fan les concentracions, a Síntagma i a Omónia, i situar cotxes patrulla perquè vigilin les places Victòria i Kotziàs. És tot el que podem fer, de moment.

El seu raonament és correcte i no hi tinc res a afegir.

—Vull que me'n mantinguis informat —li dic.

—No et preocupis. Estarem en contacte permanent.

L'Alamanos marxa i de seguida truco a en Vlasópulos.

—¿Has seguit el desenvolupament del cas o cal que et posi al dia? —li pregunto.

—No s'hi esforci. Ho he vist i ho he llegit tot.

—Perfecte. Aleshores, vull que us poseu en contacte amb la neta d'en Begleris i esbrineu si va ser ella qui va publicar la carta del seu avi a internet o si la va donar a algú altre, i qui en va ser el destinatari.

—Sé on viu. Aniré a casa seva i hi parlaré en persona, i el mantindré informat.

Si algú m'ho preguntés, no sabria dir-li per què em té tan preocupat el suïcidi d'en Begleris. La resposta fàcil és l'enrenou que ha provocat a les xarxes socials i la concentració d'avui. És una preocupació indefinida, com si esperés el pitjor, però no puc explicar les meves pors amb arguments.

Com que la inactivitat em fa augmentar el mal humor, demano a la Kula que navegui per la xarxa, a veure si ha aparegut res de nou o localitza alguna cosa que se'ns hagi escapat.

Finalment truco al sotsdirector, per no tenir-lo a les fosques i que comenci a queixar-se. La posada al dia esdevé innecessària perquè ja té una imatge completa del suïcidi, de la xarxa i de tota la resta. Sembla que la prohibició de circular i de reunir-se a partir d'una hora concreta a la ciutat ha provocat l'augment del trànsit i les aglomeracions a internet. Per sort, em trobo entre els poc afortunats perquè, gràcies al contacte diari amb el meu net, no necessito passejar per la xarxa.

—¿El preocupa aquest gir inesperat de la situació? —em pregunta el sotsdirector, com si em llegís els pensaments.

—Només la possibilitat que la concentració acabi amb

aldarulls. He parlat amb l'Alamanos aquest matí i li he demanat que em mantingui informat constantment.

El meu cap em diu que continuem en contacte i pengem.

Decideixo fer un descans. Demano a la Stel·la que em porti un cafè perquè el primer ja està fred. La Kula m'informa que a la xarxa no ha aparegut res fora del normal.

La trucada de l'Alamanos es produeix tot just m'acabo el cafè.

—Et truco per si t'agradaria veure una cosa interessant —em diu.

—¿Hi ha merder? —li pregunto intranquil.

—Si n'hi hagués, no t'hauria dit que vinguessis. Però la situació potser t'interessa.

—D'acord, vinc.

—Soc a Eolu, davant de Santa Irini.

Li dic a l'Askalidis que prepari un cotxe patrulla i que m'esperi a la sortida. Prefereixo anar acompanyat per tenir un dels meus ajudants al costat si passa res inesperat.

El trànsit és escàs i des de Prefectura arribem a Santa Irini en menys de deu minuts. L'Alamanos ens espera al lloc que ens ha dit.

—¿Què és això que ens volies ensenyar?

—Mireu les botigues del voltant i ho entendreu. No cal que digui res més —em respon.

Passem amb l'Askalidis a l'altra banda del carrer i ens quedem bocabadats. Sembla que els organitzadors de l'acte han seguit fil per randa les instruccions d'en Begleris.

Un home d'uns cinquanta anys s'està immòbil davant l'aparador d'una botiga de roba. Du al coll un cartell de cartró on es pot llegir: «Estic arruïnat». Dues botigues més enllà, en un sabateria, un seixantí mira fixament els transeünts amb un cartell que diu: «Aquest Nadal passarem gana».

La mateixa imatge continua al llarg de tot Eolu i a banda

i banda del carrer, cada dues o tres botigues. Una dona d'uns cinquanta anys ha enganxat a l'aparador d'un establiment que ven camises i roba interior fotos de la seva família, amb el marit i els dos fills. A sota hi ha incorporat un rètol fet amb impressora: «Som molts que passem gana».

—No cal que et facis mala sang —em diu l'Alamanos, que ha vingut amb nosaltres—. Aquest és el panorama, i no només a Eolu. Veureu el mateix a Mitropóleos i a tots els carrers dels voltants de Monastiraki.

—¿Què fem?

—Res. Ara mateix no cometen cap il·legalitat. Les botigues han de romandre tancades, però ningú prohibeix que els propietaris, o fins i tot el personal, treballin a l'interior de les botigues. Si la protesta es manté així i no hi ha aldarulls als carrers, aleshores serà la concentració de protesta més original que s'hagi fet mai.

—Tornem a fer història —li dic.

—Llàstima que no la pugui veure més gent, per culpa de la prohibició de sortir al carrer —comenta l'Askalidis.

—No pateixis, la veurà tothom —reacciona l'Alamanos—. Totes les xarxes socials i tots els canals de notícies aniran plens de fotografies.

Ens separem al mateix punt on ens havíem trobat i pugem al cotxe patrulla.

—Al final ha estat una decepció —em diu l'Askalidis.

Considero innecessari contestar-li perquè jo també estic sorprès. Penso que en Begleris ha aconseguit amb el seu suïcidi el que cap partit polític ni organització sindical no haurien pogut ni imaginar ni organitzar.

—En Vlasópulos li ha trucat —em diu la Stel·la quan arribo al despatx.

—Truca-li de seguida.

—La neta jura i perjura que no va penjar la carta d'en

Begleris ni la va donar a ningú, ni tan sols al metge —em diu en Vlasópulos quan ens posem en contacte—. Fins i tot ha tret l'original i me l'ha ensenyat.

—Llavors, ¿com va arribar la carta a les mans del metge?

—M'ha dit que el metge hi va fer una foto amb la seva càmera per enviar-nos-la.

—Doncs hem de preguntar al metge si va ser ell qui va publicar la carta.

—Ja li he trucat. M'assegura que, després d'enviar-nos la carta a nosaltres, immediatament la va esborrar del mòbil.

—La neta, ¿viu sola?

—No, amb el seu pare, que és tècnic de la companyia ferroviària.

Pengem, mentre començo a trobar una explicació al mal pressentiment que em turmentava. ¿Com va arribar la carta a les mans de la persona, ell o ella, que la va penjar a la xarxa? Considero poc probable que el mateix Begleris la publiqués. ¿Qui s'encarrega d'enviar una carta abans de tallar-se les venes? La deixa al seu costat. Això és el que va fer precisament en Begleris. Però, aleshores, ¿com va arribar a les mans de qui la va publicar? L'única explicació, per estranya que sembli, és que en Begleris va dictar la carta a algú perquè aquest la fes circular. ¿I qui és l'autor de la publicació?

Intento calmar-me, pensant que m'estic deixant portar pel pitjor. No estic davant d'un assassinat, sinó d'un suïcidi. El que m'amoïna més és l'èxit de la concentració. Quan aparegui a les xarxes socials i a la televisió, és possible que algun altre desesperat vulgui imitar en Begleris per crear enrenou posant fi a la seva vida.

Li dic a la Stel·la que truqui a en Velidis, de Delictes Informàtics. Considero indispensable començar una investigació per localitzar qui va iniciar la difusió de la carta i esbrinar com li va arribar a les mans.

—¿Tenim un assassinat? —em pregunta en Velidis quan entra al meu despatx—. ¿No n'hi ha prou amb les víctimes de la pandèmia?

Li explico tota la història del suïcidi d'en Begleris i de l'acte de protesta. Mentre parlo, el desconcert se li fa més intens en la mirada.

—¿I què és el que et preocupa? —em pregunta, quan acabo—. Si no hi ha assassinat ni frau financer a través de la xarxa, tota la resta no li interessa, a la policia.

—Em preocupa que hi hagi imitadors i, sobretot, si darrere de tot això hi ha algun pla. Vull que localitzem el destinatari de la carta d'en Begleris i l'interroguem, encara que només sigui com a formalitat.

—Suposo que ets conscient que això pot trigar uns quants dies i el resultat no és segur —m'explica—. Molts dels que pengen aquesta mena de coses s'amaguen darrere de pseudònims, que són molt habituals a internet. Si és així, no sé quant de temps trigarem a localitzar el propietari del compte de Facebook.

—Segurament t'estic donant feina innecessària, però fem-hi un esforç —li responc.

Per un instant em passa pel cap informar també el sotsdirector, però de seguida ho descarto. No hi ha cap raó per preocupar els meus superiors. Si les meves pors acaben sent infundades, per darrere es cagaran en mi.

4

La declaració vespertina del representant del Govern posa fi a la discussió sobre la concentració.

—No, no tenim cap objecció als actes de protesta que s'organitzin, mentre es respectin les mesures de protecció. El Govern entén perfectament les dificultats que afronta el petit comerç per culpa de la pandèmia, respecta la protesta dels botiguers i els agraeix que hagin mantingut les normes del confinament.

La posició oficial del Govern em tranquil·litza. He fet bé de no córrer a entrar en converses amb el meu cap. Truco a en Velidis i li dic que deixi d'investigar la persona que va penjar la carta d'en Begleris a la xarxa. No té sentit molestar-lo sense motiu.

Quan no tens res a fer, l'única solució és plegar veles i posar rumb cap a casa. En el meu cas es tracta de la de la meva filla.

Em fa molt feliç trobar-m'hi un ambient tranquil. En Fanis ha tornat i xerra amb la seva dona enmig de rialles i calma. La Katerina aplaudeix l'acte de protesta dels propietaris que tenen els comerços tancats, però també la manera com l'han organitzat. En Fanis hi està d'acord i diu que no té cap objecció als actes de protesta, sempre que no augmentin el nombre de casos de coronavirus. El gran guanyador és en

Lambros. S'han acabat els crits i ha trobat la serenitat necessària.

—¿Qui hauria dit que un acte de protesta portaria la pau a aquesta casa? —em diu l'Adrianí quan vaig a canviar-me de roba.

Acabo de vestir-me i em preparo per anar a jugar amb el meu net, però m'atura el timbre de la porta i immediatament després sento la veu de l'Adrianí.

—Benvinguts. Per fi ens feu l'honor de venir-nos a veure.

De seguida m'atanso al vestíbul perquè se'm menja la curiositat, i em trobo amb la Mània i l'Uli, que acaben d'entrar.

—Però ¡quina sorpresa és aquesta! —crido emocionat.

—La Katerina ens ha convidat —em diu la Mània.

—Els he convidat jo, però ha estat idea de la mare —m'explica la meva filla.

—¿Com se t'ha acudit? —li pregunto a l'Adrianí amb to de sorpresa.

—He pensat que ens aniria bé passar una vetllada amb la ment lúcida de l'Uli i el suport d'una psicòloga —em respon amb tota la intenció.

Hi ha moments en què la claredat mental de l'Adrianí fa que t'hagis de treure el barret.

—¿Com heu aconseguit arribar? ¿No us han aturat els meus col·legues al carrer? —pregunto a la Mània.

En lloc de respondre, la Mània obre la seva bossa i treu dos impresos, que de lluny estant semblen documents oficials.

—¿Ja ha arribat en Fanis? —pregunta a la Katerina.

—Sí, és a dins. Passeu.

La Mània dona un dels documents a l'Uli. Entren a la sala d'estar amb els impresos a les mans. L'Adrianí i jo ens mirem desconcertats. En Fanis es posa dret d'un salt.

—¡Ja era hora! ¡Benvinguts! —diu alegrement, però la parella, en comptes de respondre, mou les mans perquè llegeixi primer els documents.

—¿Què és això? —pregunta en Fanis, que no se'n sap avenir.

—Ens hem fet un test d'antígens i els certificats corroboren que hem donat negatiu —li diu la Mània.

Es produeix un triple esclat de riure. L'únic que roman bocabadat és en Fanis.

—¿Us heu fet un test d'antígens per venir-nos a veure?

—Fanis estimat, pots escapolir-te dels de trànsit, d'Hisenda, de la policia, però d'un alemany cap quadrat i formalista és impossible fugir —li explica la Mània.

Finalment, en Fanis també es posa a riure, mentre els agafa els certificats.

—Tot en ordre, fins i tot us permet tenir contacte amb el nen —els diu.

Al nen també li agrada la companyia perquè li proporciona un gran ventall d'abraçades. Deixa estar la Mània i ve cap a mi.

—¿Com va, Uli? —li pregunto.

—He comentat a la Mània que hi ha... ¿com hem dit que es deia? —pregunta a la seva companya.

—Justícia divina.

—¿Per què?

—Quan va arribar la crisi fa deu anys, els alemanys van qualificar els grecs de mandrosos i van dir que vivien gràcies als diners estrangers. Ara, amb el coronavirus, es troben compartint el mateix destí que els grecs. —Es gira cap a en Fanis—. Si fossis metge en un hospital alemany, experimentaries exactament la mateixa situació.

—M'aixeques l'ànim, amb això que em dius. Realment, qui no es consola és perquè no vol —li respon en Fanis.

La Katerina no sembla entusiasmada.

—Sí, però això no resol el nostre problema. Psicològicament estem destrossats.

—Quan en Fanis surti de l'hospital i tu del bufet, deixeu-hi les preocupacions i la depressió que sentiu i torneu a casa sense elles —li diu la Mània.

—¿I què fem, a casa? —li pregunta en Fanis.

—¿De debò que em fas aquesta pregunta? —se sorprèn la Mània—. Tens un fill preciós i, quan se'n va al llit, gaudeixes de la companyia de la senyora Adrianí i del senyor Kostas. ¿Què hauria de dir l'Uli, que treballa tot el dia sol a casa? No pot anar a visitar ni les empreses amb què col·labora.

—¿Com estàs, Uli? —li pregunta l'Adrianí.

—Quan no ho suporto, paro i escolto música.

—Escolta de tot, des de música grega fins a Mozart —li explica la Mània—. L'Uli ha après música grega de mi i jo Mozart d'ell. —La parella esclata a riure, però la Mània aviat es posa seriosa—. Quan no pugueu més, us recomanaria mirar una pel·lícula —diu—. Nosaltres ho fem gairebé cada nit després de sopar. Però només comèdies i policíaques, res de drames. Les comèdies et fan riure, i amb les policíaques et deixes portar pel misteri i t'oblides dels problemes.

—¿Què dius ara, Mània? —li pregunto—. ¿Em passo tot el dia resolent crims a la feina i als vespres vols que torni a veure la meva vida professional a la pantalla?

La Mània em mira perplexa.

—Té raó, no hi havia pensat —mormola desconcertada.

En Lambros salva la situació amb el seu plor inesperat.

—Déu meu, ens hem posat a xerrar i el pobre té gana. Vaig a preparar-li el sopar —diu la Katerina i s'aixeca.

—Jo també vaig a preparar el nostre —diu l'Adrianí.

Agafo en Lambros als braços per jugar-hi i calmar-lo. Els

altres tres es posen a parlar de coses seves, però com que són seves no en puc seguir el fil.

La Katerina torna amb el menjar i en Lambros comença a cruspir-se'l amb golafreria. M'afegeixo als altres tres, que escolten les notícies de l'Uli sobre la situació del coronavirus a Alemanya.

—Cada vegada que truco als meus pares, tremolo de por —explica—. Per sort, fins ara estan bé. Els hospitals estan plens i només se senten notícies poc esperançadores. I, com si amb això no n'hi hagués prou, de tant en tant hi ha concentracions de protesta de gent que diu que el coronavirus no existeix.

—Almenys, nosaltres encara no hi hem arribat, a aquesta situació —diu en Fanis i es gira cap a mi—: ¿Com t'ho expliques, això, comissari?

—Tu espera't i ja ho veuràs. Els grecs som com els elefants. Ens costa agafar embranzida, però, quan comencem a córrer, no hi ha qui ens aturi.

El nen acaba de menjar i rep els petons de tothom, abans d'anar a dormir. Quan marxa amb la seva mare, arriba l'Adrianí per parar taula.

—Aquesta nit tinc una sorpresa per a tu —ens anuncia.

—¿Quina sorpresa? —pregunta l'Uli.

—Uli, els avançaments són per quan es compra. A les sorpreses no hi ha avançaments —li dic i calla.

Quan torna la Katerina de fer dormir el nen, l'Adrianí porta la sorpresa. Són tomàquets i pebrots farcits. Un crit d'entusiasme s'alça entre nosaltres.

—He pensat fer els honors a l'Uli i a la Mània, que han acceptat la nostra invitació —explica.

—Ja ens pot tornar a convidar —li diu l'Uli.

—Sí, però no faré sempre *gemistà* —li adverteix l'Adrianí.

—Faci el que faci, serà deliciós, Adrianí —li diu la Mània.

La conversa s'interromp per poder gaudir dels farcits, jo inclòs, que fa temps que no en menjo perquè en Lambros no deixa a l'Adrianí prou marge per cuinar àpats complicats.

Passem una vetllada agradable sense tensions, cosa que ens apuja l'ànim i la moral. Quan marxem, en Fanis retorna els certificats a la Mània.

—Queda-te'ls, en tenim còpies —li diu.

—Per fi hem passat una vetllada agradable amb la nostra filla i el gendre —dic a l'Adrianí quan pugem al Seat.

Em respon amb un refrany, com fa habitualment:

—El pagès a la terra i el soldat a la guerra.

Potser té raó. En qualsevol cas, me'n vaig a dormir content.

5

Al matí, entro al despatx de bon humor i amb la certesa que m'espera un altre dia tranquil, però el meu pressentiment és erroni perquè apareix la Stel·la just quan he fet l'últim glop de cafè.

—El sotsdirector vol parlar amb vostè. És urgent, però he pensat que primer era millor que s'acabés el cafè. Sé per experiència que, quan els que manen tenen pressa, correm-hi tots.

—Gràcies. Truca-li, que hi parlaré.

—El director va tenir una conversa ahir a última hora amb el ministre i vol informar-nos-en —em diu el meu cap com a introducció.

—¿Quina mena de conversa?

—No ho sé. Ens ho dirà ell mateix.

Això vol dir que m'he de traslladar al ministeri. Per sort, el trànsit és escàs i hi arribo sense retard. L'agent del vestíbul m'informa que el sotsdirector ja és al despatx del cap. Els trobo xerrant en veu baixa.

—Segui, comissari. ¿Vol un cafè? —em pregunta el director.

Si m'ofereix un cafè vol dir que la reunió serà llarga. Accepto l'oferiment i m'espero.

—Senyors, ahir vaig tenir una conversa amb el ministre

—comença dient el director—. Estava molt preocupat per la protesta que va provocar el suïcidi. Creu que, si aquesta nova manera de protestar continua i troba imitadors, ens arrisquem a tenir-ne una cada dos dies. M'ha demanat que trobem la manera d'aturar-les, amb l'argument que estan en risc el prestigi i la credibilitat del Govern.

—¿Com es pot aturar una manifestació de protesta que és totalment legal? —es pregunta el sotsdirector.

—Això és exactament el que li vaig dir, però vaig rebre una pressió terrible —respon el cap.

—Senyor director, vaig veure tota la protesta amb els meus propis ulls —li dic—. Li puc assegurar que no hi va haver la més petita violació de la prohibició de manifestar-se. Només eren botiguers plantats davant dels aparadors de les seves botigues, que estaven tancades. No em consta que hi hagi cap normativa que prohibeixi als comerciants anar a les botigues, sempre que romanguin tancades i no acceptin clients. Per tant, legalment no hi podem intervenir.

—El comissari té raó —diu el sotsdirector—. Dissoldre una concentració de protesta legal i legítima farà que tothom es giri en contra de les forces de seguretat. Tenint en compte que sempre busquen una excusa per atacar-nos, aquest cop estarà absolutament justificat.

—D'altra banda, també hi ha la declaració del portaveu del Govern, que anava en un sentit diferent —afegeixo.

—Jo també l'hi vaig dir, però la resposta que vaig rebre va ser que la declaració pretenia apaivagar els ànims i minimitzar la protesta —respon el cap.

—Suggeriria que li digui al ministre que, si vol que dissolguem aquestes manifestacions, que el Govern assumeixi la seva responsabilitat i decreti una normativa al respecte —diu el sotsdirector.

El director ens mira i somriu.

—No tinc cap dubte que la iniciativa va ser exclusiva del ministre —explica—. Té por que, si aquestes protestes legítimes s'allarguen, haurà de donar explicacions i vol cobrir-se les espatlles. —Es gira cap al sotsdirector—. Tens raó, li diré el que m'has dit. Nosaltres també hem de tenir les espatlles cobertes.

No tenim res més a dir i ens aixequem.

—Vostè es passa el dia a Prefectura i no sap el que hem de suportar aquí nosaltres —em diu el sotsdirector quan sortim al passadís.

—Si digués que l'envejo, mentiria.

Reprenc els meus pensaments quan pujo al cotxe. Hi ha dues qüestions que em continuen preocupant per a les quals encara no he trobat la resposta. La primera és la signatura de la carta d'en Begleris: «La confabulació dels suïcides». Una confabulació d'aquesta mena amb només un suïcida no és cap confabulació. Si no és que en Begleris ho hagués escrit per impressionar.

Podria ser, però la carta del suïcida es va publicar a les xarxes socials i va provocar la concentració de protesta d'ahir, sense que fins ara sapiguem qui la va difondre i com va arribar a les seves mans. Aquestes dues qüestions em turmenten, sobretot això últim.

Torno al despatx i immediatament convoco la meva gent per informar-los i intercanviar opinions. Els explico la part substancial de la conversa amb el director i després els desenvolupo els dos problemes que m'amoïnen. M'escolten amb cara d'incredulitat.

—Té raó, comissari, però ¿com podem saber si algú se suïcidarà i quan? I si deixarà una nota de comiat o no —em diu en Dervísoglu—. Si es tractés d'assassinats, podríem buscar algun sospitós o almenys sabríem el mòbil dels crims i traçaríem un pla. En aquest cas, però, no podem saber quan algú posarà fi a la seva vida i qui serà.

—Tens raó —li dic i em giro cap a la Kula—. ¿Podem bloquejar la publicació de cartes a la xarxa? —li pregunto.

—Pregunti-l'hi, si vol, també a en Velidis, que en sap més que jo, però em sembla que està fora de qualsevol discussió. Facebook no acceptarà bloquejar la publicació de la carta d'un suïcida. Si la carta tingués cap relació amb un assassinat, llavors seria més fàcil perquè afectaria la investigació. Però el suïcidi no és un assassinat.

—He pensat en una solució —diu en Dermitzakis, que fins ara ha estat assegut en silenci—. Enviem una circular a totes les comissaries de l'Àtica. Que tinguin els ulls i les orelles amatents per si es produeix un suïcidi a la seva zona. Si és el cas, aleshores que agafin les dades del suïcida, que confisquin la possible nota de comiat i ens l'enviïn. D'aquesta manera ens avançarem a la publicació a la xarxa.

—Molt bona idea —coincideix l'Askalidis.

—Ben pensat, Dermitzakis. Això és el que farem —li dic—. Només que no enviarem nosaltres la circular, sinó la Direcció General. Tindrà més pes.

La meva gent toca el dos, amb en Dermitzakis al capdavant amb un somriure d'orella a orella. De seguida truco al sotsdirector i li explico la solució que se'ns ha acudit.

—Té vostè l'ascens a director de la Prefectura de l'Àtica a la butxaca, comissari —em diu rient.

—¿Per què?

—Perquè dona una solució molt encertada al cap, però també al ministre. El director es traurà del damunt la pressió del ministre i el ministre traslladarà cofoi la solució al primer ministre i al comitè d'experts. El felicito, comissari.

—He d'admetre que ni m'havia passat pel cap.

—Aquesta és la diferència entre la Prefectura i el Ministeri, comissari —repeteix, i em recorda la nostra conversa del matí.

De sobte recordo que la idea no ha estat meva, sinó d'en Dermitzakis, i m'agafen remordiments. Si aconsegueixo un ascens, m'hauré d'assegurar que en Dermitzakis també pugi en l'escalafó. Això no serà possible a Homicidis, perquè passar d'igual a superior dins del mateix departament no és bo ni per a l'afectat ni per als seus col·legues. Però el poden ascendir i traslladar-lo a una altra unitat. «Encara no he caçat el llop i ja en venc la pell», em dic a mi mateix, i deixo estar la idea dels ascensos com si ja els tingués a la butxaca.

La trucada telefònica del sotsdirector m'interromp els pensaments.

—La circular arribarà al llarg de la propera hora —em fa saber.

De seguida informo la Kula perquè estigui atenta a les xarxes i després truco a en Velidis, que és el responsable d'aquests assumptes.

—La pregunta d'ara és més fàcil que l'anterior. —És la seva primera observació—. Primer de tot, si hi ha un segon suïcidi, la nostra gent confiscarà la possible carta i no es podrà publicar a la xarxa. A banda d'això, un cop ens facis saber que hi ha un suïcidi, estarem amatents a les xarxes socials. Si la carta se'ns escapa o si el suïcida l'ha penjat prèviament abans de posar fi a la seva vida, ho detectarem de seguida.

Ens acomiadem i ara em sento més tranquil. Hem pres totes les mesures oportunes i estem totalment preparats.

6

La bomba del segon suïcida explota a les deu del matí per part del comandant de la comissaria de Peristeri. És com si l'esperés, de manera que no em sorprèn que el comandant em truqui directament a mi. Una de les instruccions de la circular és que informin el sotsdirector de la Prefectura de Seguretat.

—¿Qui és el suïcida? —li pregunto.

—Un home anomenat Vlasis Kortidis, de noranta-tres anys. Vivia sol. Tenia un fill, però pel que sé viu a Khalandri i no anava mai a veure el seu pare. Havia agafat una dona perquè el cuidés als matins i això és tot. —Fa una pausa i afegeix—: Malgrat tot, però, encara s'aguantava dret. Els veïns el veien sovint quan sortia a passejar amb el seu bastó.

—¿Com es va suïcidar?

—Va sortir al balcó i es va llançar des del quart pis. Els transeünts que van córrer a assistir-lo el van trobar mort.

Per molt que la retardi, no puc evitar la pregunta.

—¿Ha deixat cap nota de suïcidi?

—Sí, però hem estat els primers a entrar al pis i la tenim nosaltres. La família del costat tenia el número de telèfon de la dona que s'ocupava del vell. Vam esperar que vingués, vam entrar amb ella a l'apartament i vam agafar la carta.

—Ben fet. Li envio un col·laborador meu a recollir-la —li dic traient-me un pes de sobre.

De seguida aviso l'Askalidis perquè vagi a la comissaria de Peristeri. A continuació truco al meu superior.

—Almenys aquesta vegada hem aconseguit requisar la carta —em diu amb satisfacció—. Imagini's l'alegria del cap i del ministre.

La meva no és inferior. Fins que l'Askalidis no em porti la carta, però, no estaré tranquil. L'espera dura aproximadament una hora.

—¡Renoi, quin trànsit! —em diu furiós—. Tothom s'ha llançat al carrer amb els cotxes. —Deixa un sobre tancat al meu escriptori—. ¿Em necessita per a alguna cosa més?

—De moment no.

Obro el sobre i en trec la carta. A cop d'ull confirmo amb gran satisfacció per part meva que estic en possessió de l'original i no d'una fotocòpia.

Vaig treballar molts anys als escorxadors. En aquells anys sortíem al carrer constantment per protestar i reclamar uns augments de sou que ens permetessin viure amb més dignitat. Després d'anys vaig aconseguir obrir una carnisseria i va ser la meva salvació. Vaig començar a viure més dignament amb la meva dona Panagiota i vaig fer que el meu fill estudiés. Ara treballa en una gran empresa i tant se li'n fot la meva persona. Li fa vergonya tenir un pare carnisser. Va buscar una dona, la Glikeria, per cuidar-me, i no em ve a veure mai.

L'única alegria que tenia a la vida eren les nits de dissabte i els diumenges, que anava al cafè a jugar a tavli i a fer un cafè grec. Aleshores només hi havia dos tipus de cafè, el grec i el soluble. Avui n'hi ha deu tipus, però les cafeteries estan tancades. ¿Com poden viure tota aquesta gent, propietaris i cambrers? A la meva època hi hauria hagut un bon merder de protestes al carrer. Avui ningú no aixeca la veu. Abaixen el cap i ploren el seu destí. Sortiu i protesteu. No teniu cap més esperança.

No val la pena viure en aquest món. La meva esposa va morir i tu, Glikeria, ets l'única que em ploraràs. El meu fill respirarà per haver-se desfet de mi.

No val la pena viure en aquesta misèria.

Vlasis

¡Visca la confabulació dels suïcides!

La bufetada m'arriba a la darrera frase. Vet aquí de nou la confabulació dels suïcides. És impossible que en Kortidis conegués en Begleris i acordessin acabar les seves cartes de comiat amb el mateix crit de triomf. Així que aquí ens trobem davant d'unes persones que se suïciden per mobilitzar la gent amb les seves morts.

La primera vegada vam tenir sort i la protesta es va produir respectant el restrictiu marc legal vigent. Ara tornem a tenir sort perquè ens hem avançat i hem confiscat la carta del suïcida. Però ningú ens garanteix que la sort continuï. En primer lloc, perquè no sabem qui serà el proper suïcida per tancar-lo en un asil sota supervisió mèdica i prevenir els seus intents de suïcidi. Com tampoc podem estar segurs d'aconseguir sempre la carta abans que arribi a les xarxes socials.

En Velidis es presenta alertat per la Stel·la i s'asseu davant meu. Li dono la carta i la llegeix.

—No crec que hi hagi difusió a la xarxa, però si n'hi ha, aquesta vegada no se'ns escaparà —m'assegura.

Li transmeto els meus pensaments i sacseja el cap.

—Tens raó, però no et puc ajudar. Et suggereixo que en parlis amb les altes instàncies del Ministeri.

De seguida truco al sotsdirector i li explico l'estat de la qüestió.

—M'agradaria que també hi fos el senyor director —afegeixo.

—Esperi. Li tornaré a trucar, comissari.

Al cap d'una estona m'informa que el director estarà disponible en la propera mitja hora. Quan agafem l'avinguda del Mediterrani, constato que l'Askalidis tenia raó. ¿On va tanta gent en una ciutat confinada? La resposta és senzilla: van a passejar amb un permís de circulació en format SMS. Abans teníem DNI i passaports falsos. Ara també tenim SMS de trànsit falsos.

Arribo al ministeri i vaig directe a l'oficina del cap. L'agent del vestíbul m'informa que el sotsdirector ja hi és i que m'esperen.

Només entrar, dues mirades preocupades es giren cap a mi. Encara no he pogut seure que el director ja planteja la pregunta que l'amoïna.

—¿Estem davant d'una seqüela?

No responc, em limito a ensenyar-los la nota de comiat d'en Kortidis. La llegeixen i em miren.

—La clau es troba a l'última frase, en el mòbil del suïcidi —els explico—. Es tracta exactament de la mateixa frase amb què acabava la carta del primer suïcida. És del tot improbable que els dos suïcides es coneguessin i s'haguessin posat d'acord. Per tant, ens enfrontem a un grup de gent gran que sacrifiquen el poc que els queda de vida per mobilitzar els que estan amb l'aigua al coll per culpa del confinament de la pandèmia.

—Em sembla que al final el ministre tenia raó —comenta el director.

—El problema és que no podem aturar els suïcidis, si continuen produint-se, senyor director —li explico—. No sabem qui serà el següent, on es matarà o quan. La nostra única esperança és la nota de comiat i amb quina rapidesa podem localitzar-la, per evitar-ne la publicació a les xarxes.

—¿I què proposa, comissari? —em pregunta el sotsdirector.

—Ara mateix no tinc cap proposta. He vingut a informar-los perquè sàpiguen on som. Malauradament, ens enfrontem a un cas que ens obliga a esperar esdeveniments i decidir després en conseqüència.

Arribem a l'única solució que ens queda: estar en contacte permanent per a qualsevol problema que pugui sorgir. Abans de marxar, els pregunto si volen quedar-se una còpia de la carta.

—Vostè en té una i en Velidis una altra per gestionar la investigació —em diu el cap—. Suficient. Per raons de seguretat és millor que no en circulin més còpies.

Quan entro al Seat, de sobte sento que no tinc ganes de tornar a Prefectura. He acabat les meves obligacions oficials i la inactivitat em treu de polleguera, de manera que truco a la Stel·la per comunicar-li que he posat fi a la meva jornada laboral i que me'n vaig a casa de la meva filla.

De sobte, mentre condueixo, m'assalta una idea. Si el meu raonament és correcte i ens trobem davant d'una mena de confabulació, o de moviment, aleshores per lògica hi ha d'haver algú que l'organitza i la coordina. No és possible sense un cervell que en mogui els fils. Aquest raonament ens aboca a una investigació policial tradicional. Per això és lícit i efectiu aconseguir les cartes dels suïcides abans no apareguin a les xarxes. Al mateix temps, però, hem de descobrir qui és el responsable que s'amaga darrere d'aquest moviment.

Amb aquests pensaments arribo a casa de la Katerina. Trobo l'Adrianí sola amb en Lambros. Quan em veu, el meu net m'allarga les manetes per venir amb mi.

—¿La Katerina encara no ha vingut? —pregunto mentre agafo la criatura.

—No, m'ha trucat per dir-me que arribarà tard.

Vaig a l'habitació del nen i dono corda al trenet. La criatura comença a jugar-hi entusiasmat.

Al cap de poc se sent una clau a la porta. Esperem la Katerina, però entra en Fanis.

—¿La Katerina no hi és? —pregunta estranyat.

L'Adrianí li respon el mateix que m'ha dit a mi.

Poc després arriba la nostra filla amb dues bosses de plàstic.

—No toquis les bosses. Vaig a canviar-me i vinc —diu a la seva mare.

Quan torna, obre la primera bossa i treu una joguina per a en Lambros. És un acròbata. Pitges un botó i comença a fer tombarelles. Ell crida i pica de mans emocionat.

La Katerina deixa que hi jugui i agafa l'altra bossa. L'obre, treu una peça de punt i la dona a la seva mare.

—¿Què és això? —diu l'Adrianí amb sorpresa.

—Tu vas teixir un jersei per al teu net i jo t'he comprat una jaqueta de punt.

—¿Nadal ha arribat abans d'hora, aquest any? —pregunta en Fanis, que, com jo, mira l'escena amb sorpresa.

—No vas gaire desencaminat —li respon la Katerina, que crida alegrement—: ¡M'han pagat! Finalment m'han pagat, després de quatre mesos.

En Fanis l'abraça i li fa un petó.

—Bon començament —li xiuxiueja.

A continuació arriba la meva enhorabona i la de l'Adrianí.

—Mira, el jersei em queda la mar de bé. Gràcies, filla meva —li diu emocionada.

L'ambient ha canviat i tots estem molt contents. Les alegries familiars m'alliberen dels maldecaps de la feina.

7

Suïcidi. n. m. 1. Acció de suïcidar-se, realment consumada o simplement intentada i àdhuc simulada. / 2. Suïcidi financer, moral, científic, suïcidi polític.

Me'n vaig a dormir pensant que la segona interpretació del terme lliga amb el cas que estem investigant, però a l'inrevés. No ens enfrontem a suïcidis polítics o financers, sinó a suïcidis que criden a la mobilització. Em pregunto com definiria en Dimitrakos aquesta accepció de la paraula, un cop aconseguís primer refer-se de la impressió.

La idea se m'acudeix al matí, de camí a Prefectura. Tant en Begleris com en Kortidis parlen de lluita i de combat. En Begleris era obrer de la construcció, en Kortidis treballador de l'escorxador. Encara que no es coneguessin, estaven units per una lluita comuna. L'únic del meu cercle que va participar en aquestes lluites és en Zisis. Potser coneixia les víctimes i em podria proporcionar alguna informació.

Li truco de seguida.

—Investigo un cas difícil i hauria de parlar amb tu, a veure si m'aclareixes una sèrie de dubtes que tinc.

Com sempre, no em pregunta de què es tracta, només em diu:

—Vine, però t'hauràs de posar mascareta. Dins de l'asil tothom n'ha de portar.

Tot i que tinc al damunt la carta d'en Kortidis, passo primer pel meu despatx per agafar també la d'en Begleris. Després continuo cap a l'asil, a Kipseli.

Realment, a l'asil tothom va amb mascareta. En Zisis em porta a la cantina, que està tancada per evitar aglomeracions, segons m'explica. Li dono les dues cartes perquè les llegeixi. Quan acaba, em mira. No hi ha dubte que està esperant una explicació.

—Com que les cartes parlen de lluita i combat, he pensat que potser els coneixies —li explico.

—No, els seus noms no em diuen res, però tampoc conec tota la gent d'esquerres d'Atenes. —Se li escapa un somriure—. Kostas, hi ha també una altra manera de veure-ho. Els que baixaven amb nosaltres a les manifestacions no eren tots d'esquerres —m'explica—. Eren pobres que no en tenien ni per menjar i que participaven en les mobilitzacions amb l'esperança d'un petit augment de sou o d'un tros de pa per dur-se a la boca. Això sí, la policia i els governs de l'època creien que tots eren d'esquerres perquè es manifestaven amb nosaltres. Nosaltres no els desmentíem perquè ens interessava que pensessin que el moviment d'esquerres era molt més fort del que realment era. —Torna a mirar les dues cartes—. Ara bé, aquests dos noms em són completament desconeguts.

Una altra porta que es tanca, em dic a mi mateix, mentre m'aixeco. En Zisis em dona records per a la família i petons per al petit Lambros.

—Us trobo molt a faltar —em confessa.

—Ets un exagerat —li dic—. No passarà res si m'acompanyes un vespre a ca la Katerina, estàs vacunat. No cal ni que et baixis l'imprès de justificació per saltar-te el confinament, perquè aniràs acompanyat d'un policia.

—D'acord, ho organitzarem els propers dies —em promet.

Torno a posar rumb cap a Prefectura.

—En Velidis el busca, comissari —em diu la Stel·la quan entro al despatx.

La notícia no m'agrada gens, però intento mantenir viva l'esperança que no hi hagi publicació. En Velidis m'anuncia exactament el contrari.

—Em sap greu molestar-te, però hem trobat un post amb la segona carta —em diu—. De tota manera, fins ara només és un, si et serveix de consol.

—¿Sabem qui l'ha penjada?

—Sí, algú que es diu Miltos Parasidis. Viu al carrer Naxos, a Moskhato. El vam localitzar a través del seu mòbil, però no podem bloquejar-li el compte de Facebook. Això només ho poden fer els responsables de la plataforma.

—Continueu buscant per si n'apareixen més publicacions —li dic.

Penjo i de seguida convoco la meva gent. Els transmeto la notícia del dia i es queden bocabadats.

—Però, ¿com és possible? —es pregunta l'Askalidis—. ¡Si vam arribar els primers i vam confiscar la carta!

—No et facis mala sang. Ho esbrinarem —li responc—. Aneu immediatament al carrer Naxos i porteu-me en Parasidis. Prefereixo que l'interrogatori es faci a Prefectura perquè segurament caldrà la presència d'en Velidis. Si en Parasidis no és a casa, espereu-lo.

Toquen el dos i de seguida truco a en Velidis i l'informo.

—Ben pensat, Kostas. Jo també vull ser-hi present.

Aprofito el temps mort per fer dues trucades més. La primera al sotsdirector.

—¡I nosaltres ens pensàvem que confiscant la carta ens en desempallegàvem! ¿Com hem estat tan ingenus? —és el seu comentari quan l'acabo d'informar.

—No sé si som ingenus. En tot cas, el post de la carta d'en Kortidis confirma el que sospitem: que és un grup organitzat. Malauradament, em fa l'efecte que els suïcidis continuaran. Li tornaré a trucar tan aviat com reunim proves a l'interrogatori.

La segona trucada és a en Dimitriu de la Científica.

—Si us plau, vine al meu despatx —li dic, després de descriure-li la situació—. No sé què podem descobrir i no podem perdre el temps.

Acabo les trucades telefòniques i entro en un compàs d'espera que, per sort, no dura gaire. Al cap de mitja hora la Kula m'informa que en Parasidis és a la sala d'interrogatoris acompanyat dels meus homes.

Aviso en Velidis.

—Mentrestant han aparegut tres posts més, idèntics al primer —m'informa quan ens trobem.

No tenim temps per parlar-ne. Ara la prioritat la té l'interrogatori. Entrem a la sala i ens trobem davant d'un jove al voltant dels trenta.

—¿Vostè va penjar la carta del suïcida Vlasis Kortidis? —li pregunto, després de les presentacions.

—Sí, jo mateix —em respon secament.

—¿Em pot explicar com va arribar a les seves mans?

—No només puc, sinó que en tinc proves.

El mirem sorpresos, mentre en Parasidis es treu de la butxaca un sobre postal, dels que venen als quioscs, i un paper. Primer ens ensenya el sobre.

—Aquest és el sobre que contenia la carta —ens diu—. Com poden veure, té el meu nom i la meva adreça postal, però ho hi ha cap nom ni adreça del remitent. —Deixa el sobre damunt la taula i ens ensenya un paper que diu «per publicar»—. La nota estava enganxada a la carta —ens explica—. Vull dir literalment. Vaig pensar que es tractava d'una broma d'algú que em volia fer fer el ridícul a les xarxes socials i no la vaig publicar.

—¿Quan vas rebre la carta? —li pregunta en Velidis.

En Parasidis s'ho rumia.

—Deu fer uns tres dies.

—¿I per què l'has publicada avui?

—Perquè ahir vaig llegir a Instagram que els suïcidis augmenten cada dia i que un altre ancià s'havia suïcidat. El nom que van dir coincidia amb el de la carta que em van enviar. Aleshores vaig decidir publicar-la com a homenatge al suïcida.

—¿Per què no va anar a la policia per dir que algú tenia previst suïcidar-se? —li pregunto.

—Perdoni, però vaig estudiar Dret i ara estic fent el doctorat —em respon—. Sé molt bé que el que no es pot fer mai és anar a la policia sense proves. Quan vaig rebre la carta en Kortidis encara era viu. Em podien acusar d'haver-ho planificat tot jo mateix per riure'm de la policia. Com que em feia por la broma, com li he dit, vaig pensar que aquest era precisament el pla del bromista i no vaig fer res. Només em vaig quedar el sobre i la carta.

—Ens ha de deixar totes les proves de què disposi: la carta, però també el sobre i la nota —li dic.

—Cap problema. —Treu la carta de la butxaca i la posa al costat de la resta.

—També volem el seu número de telèfon fix —li diu en Velidis.

En Parasidis l'hi dona.

—No tenim més preguntes, ja pot marxar —li dic a en Parasidis i em giro cap a l'Askalidis—. Assegureu-vos que vagi a casa amb un cotxe patrulla, que no tingui cap complicació pel camí.

Quan marxa, pujo sens falta amb en Velidis, en Dermitzakis i en Dervísoglu al meu despatx. És important que parlem i decidim els propers passos.

En Dimitriu ens espera al vestíbul. Li dono la carta d'en Kortidis que ens acaba de lliurar en Parasidis, juntament amb el sobre postal i la nota.

—Vull que encarreguis un estudi grafològic que compari la lletra d'aquestes dues proves que t'he donat amb això. —I li dono la carta que havíem trobat a casa d'en Kortidis—. Ens interessa comprovar si hi ha diferències entre elles, és a dir, si l'estil d'escriptura és diferent i concretament en què.

—Ho encarregaré al grafòleg més experimentat que tenim, però és possible que trigui una mica —m'adverteix—. De vegades els caràcters escrits s'assemblen i no es pot arribar fàcilment a una conclusió definitiva.

—En Parasidis ens ha dit que no coneixia en Kortidis —dic a en Velidis—. Aleshores, ¿com va enviar el suïcida una carta a algú que no coneixia?

En Velidis es gira cap a en Dimitriu i li pregunta:

—¿Heu trobat cap mòbil a casa d'en Kortidis, per casualitat?

—No, no n'hem trobat cap.

—Llavors comprovarem les trucades telefòniques del mòbil i el fix d'en Parasidis cap al fix d'en Kortidis i a l'inrevés —em diu en Velidis.

—Si no hi hagués trucades telefòniques entre ells, haurem d'acceptar que no es coneixien.

—Vull que localitzeu la Glikeria, la dona que tenia cura d'en Kortidis —li dic a la meva gent—. Hem de saber si en Kortidis va anar a cap oficina de correus abans de suïcidar-se, o si la va enviar ella per carta postal. Considero més probable la segona possibilitat. A la seva edat, en Kortidis no devia ser capaç d'estar dempeus davant de l'oficina de correus esperant el seu torn, en les condicions actuals.

—¿Què fem amb els posts? —em pregunta en Velidis quan ens quedem sols.

—Tot el que puc fer és avisar l'Alamanos que estigui a l'aguait per prevenir aldarulls.

—Aleshores, vaig a ocupar-me dels telèfons.

Quan em quedo sol, truco a l'Alamanos d'Antiavalots i li explico com estan les coses.

—Enviaré els meus homes a vigilar la zona, de manera que si sorgeix cap merder hi puguem intervenir a temps.

L'últim a ser informat és el sotsdirector. Li faig un extens relat del curs dels esdeveniments i de les accions que hem decidit. Quan acabo, es produeix un llarg silenci.

—Al final tenia raó vostè —em diu—. Realment hi ha una mena de moviment organitzat.

—Existeix i malauradament no serà fàcil treure'n l'entrellat.

—Probablement també haurà de venir a informar el cap.

—D'acord, però primer esperem els resultats de la investigació grafològica i les comprovacions telefòniques per fernos-en una imatge més completa.

L'única bona notícia arriba una hora després amb la trucada telefònica d'en Dermitzakis.

—La dona que cuidava en Kortidis ens ha dit que el vell la va enviar a correus amb una carta uns dies abans del suïcidi.

Això significa que en Kortidis va enviar el sobre a en Parasidis. No hem d'esperar cap sorpresa de l'examen grafològic. L'única finestra oberta que ens queda són els telèfons.

Però, ¿com va saber en Kortidis l'adreça d'en Parasidis i per què li va enviar la carta, si no el coneixia?

8

En Dimitriu confirma el que estàvem esperant des d'ahir. L'examen grafològic demostra que les dues cartes, el sobre i la nota els va escriure en Kortidis. Això era esperable des del moment en què en Kortidis va encarregar a la seva vetlladora l'enviament de la carta. La pregunta és qui va donar a en Kortidis el nom i l'adreça d'en Parasidis. En Parasidis ens va dir que no el coneixia i que al principi pensava que es tractava d'una broma. No veig per quina raó ens hauria d'amagar que el coneixia. No és cap delicte que algú t'enviï la seva carta de suïcidi perquè la pengis a les xarxes socials. Tot el contrari. Si en Parasidis l'hagués conegut, potser s'hauria preocupat d'evitar-ne el suïcidi.

De sobte recordo una cosa que hauria d'haver fet i no vaig fer, i m'enfado amb mi mateix. Hauria d'haver preguntat a en Velidis si en la investigació que va fer sobre les publicacions de la carta d'en Begleris va aparèixer el nom d'en Parasidis. Tot i l'impuls del moment, decideixo trucar-li més tard. Prefereixo que acabi de comprovar primer les trucades telefòniques. Potser en traiem més coses.

El cas em té els nervis destrossats. No sabem exactament què estem investigant. No hi ha ni assassinats ni cap altre crim. Ens fa por que les cartes provoquin aldarulls i concentracions de protesta en plena pandèmia, però això és competència de les unitats antiavalots.

La nostra implicació es limita a tres paraules: «confabulació dels suïcides». És possible que al final es tracti d'un simple foc d'encenalls o d'un seguit de bones intencions, però des del moment en què ambdues cartes parlen d'una confabulació o un moviment no podem fer els ulls grossos, si a més el moviment fa servir els suïcidis d'uns iaios com a palanca.

La trucada telefònica d'en Velidis m'interromp els pensaments.

—No hem trobat res de sospitós ni que pagui la pena en les trucades d'en Kortidis i d'en Begleris —em diu—. L'interès rau en un altre lloc.

—¿Quin?

—Dues trucades a en Begleris i tres a en Kortidis es van fer des de cabines telefòniques del carrer. Estem esperant que la companyia telefònica ens digui en quins districtes es troben aquestes cabines.

Aquí tenim novament el moviment, em dic. Les trucades des de cabines telefòniques solen fer-se per no deixar rastre perquè amaguen alguna cosa sospitosa.

—Escolta, Velidis, ahir em vaig oblidar de preguntar-te una altra cosa —li dic.

—¿Què?

—¿Recordes si entre els posts en què es va penjar la carta del primer suïcida hi ha la pàgina d'en Parasidis?

—La vaig buscar, però no hi és —em respon. Sent que callo i afegeix—: És exactament tal com ho penses.

—¿Què vols dir?

—Algú truca des d'una cabina telefònica a dues persones que es pensen suïcidar i els diu a qui han d'enviar la carta.

Pengem i de seguida convoco els meus per revisar la situació. Els transmeto el que m'ha explicat en Velidis sobre les trucades.

—Les trucades telefòniques des de cabines, en relació amb la carta que va enviar en Kortidis a en Parasidis, no deixen cap dubte que hi ha un moviment al darrere i un pla.

—Té raó, comissari, però ens hem deixat una cosa —em diu en Dermitzakis.

—¿Què ens hem deixat?

—No hem escorcollat la casa d'en Kortidis, i sobretot la d'en Begleris. Potser descobrim a qui va enviar la carta, tal com va passar amb en Kortidis. A banda d'això, és possible que un dels dos conservés anotacions que ens podrien ser útils.

—Tens raó —reconec—. Truca a en Vlasópulos perquè es posi en contacte amb la neta d'en Begleris i que ens esperin. Aviseu la dona que cuidava en Kortidis perquè sigui a casa.

La conversa s'interromp per la trucada de l'Alamanos.

—En aquests moments hi ha una concentració a Peristeri en memòria d'en Kortidis —m'informa.

—¿Quina mena de concentració?

—Com les del cementiri després del funeral i de l'enterrament, amb invitació a cafè a la cantina. Només que a Peristeri l'han organitzat els restaurants.

Em deixa atònit.

—¿Han obert els establiments per honorar la memòria d'en Kortidis?

—No. Segons m'han dit, han tret els cafès a fora, com si fossin per emportar. Te n'envio les fotografies.

—Prefereixo veure-ho personalment.

—Llavors anem-hi junts.

Dic als meus que primer escorcollin la casa d'en Begleris i després la d'en Kortidis. L'Alamanos m'està esperant a l'entrada amb un cotxe patrulla.

La imatge és exactament tal com me l'ha descrit. Tres cafeteries han posat taules a les terrasses i hi ha tasses de paper de cafè repartides al damunt. Davant de cada taula han penjat un cartell escrit amb retolador: «En record d'en Vlasis Kortidis. Els seus amics, que no saben si viuran o moriran de fam».

Un dels agents de les unitats antiavalots que patrulla per la zona s'acosta a l'Alamanos.

—¿Què fem, cap? —li pregunta—. ¿Els dispersem?

—No, no estan fent res il·legal —respon l'Alamanos—. Les botigues estan tancades. Han tret els cafès al carrer i qui passa n'agafa una tassa i toca el dos. No hi ha violació de les mesures de restricció. —Es gira cap a mi—. La protesta és de perfil baix, igual que la del centre d'Atenes després del primer suïcidi —em diu—. És més un recordatori de les condicions que una protesta.

L'Alamanos té raó. La confabulació no sembla haver aconseguit fins ara cap gran mobilització. De manera que, si més no de moment, no tenim motius de preocupació. L'Alamanos dona algunes instruccions al cap de la unitat i després em fa senyal que se'n torna a Prefectura. Jo tampoc tinc cap motiu per quedar-m'hi més estona. M'interessa molt més saber si els meus homes han descobert alguna cosa als pisos dels suïcides.

L'equip encara no ha tornat. Ho aprofito per parlar amb el sotsdirector i donar-li una informació detallada.

—Bé, de moment la situació encara està controlada. Espero que al final evitem les marxes de protesta —és el seu comentari.

—Jo també ho espero —li responc, encara que no n'estic segur.

Tot seguit en Velidis em dona una segona bona notícia.

—Les trucades que va rebre en Kortidis es van fer des de cabines telefòniques de Níkea.

—Això vol dir que el cervell del moviment viu a Níkea.

—Podria ser, però no en podem estar segurs —em respon amb reserva—. Pot haver enviat algú a trucar des d'allà per enganyar-nos.

—Sí, però malgrat això hi ha un element en comú. En Begleris vivia a Egaleo, en Kortidis a Peristeri i les trucades es van fer des de Níkea —li faig observar—. El denominador comú és que tots tres barris eren, a l'època en què els dos suïcides eren joves, barris pobres i obrers. Això confirma que ens les hem d'haver amb uns ancians que continuen vivint sols als mateixos barris. La conclusió és que ens enfrontem a un grup de persones pobres i d'edat avançada.

—Tens raó —em diu sense embuts.

Potser tinc raó, però això no ens resol els problemes. No podem pentinar els barris pobres d'Atenes i del Pireu i interrogar-ne tots els vells.

El meu pessimisme canvia quan torna el meu equip. Veig que entren al despatx amb rostres somrients.

—Heu descobert alguna cosa. No trobo cap altra explicació als vostres somriures —els dic. S'asseuen i en Dervísoglu em passa un paper. L'obro i llegeixo en veu alta—: Stratos Keleris, Lefkosia 23, 13862 Agi Anargiri.

—Ho hem trobat als papers d'en Begleris —m'explica en Dervísoglu—. Li hem dit a en Vlasópulos que pregunti a la neta d'en Begleris si coneix aquest Keleris. La neta ens ha dit que no té ni idea de qui és i que era el primer cop que sentia aquest nom.

Truco immediatament a en Velidis.

—No trigarem a trobar el seu mòbil i a esbrinar si va ser ell qui va penjar la carta —em diu.

—¿N'heu tret res més, de l'escorcoll? —pregunto als meus homes.

—No, només l'adreça —em respon l'Askalidis.

—Tan aviat com confirmem que aquest... Keleris va penjar la nota a les xarxes, aneu a interrogar-lo per saber com li va arribar a les mans la carta de suïcidi d'en Begleris i si el coneixia personalment.

En el decurs de l'hora següent, en Velidis ens confirma que aquest Keleris va penjar la carta. Li dic a en Dermitzakis que s'emporti l'Askalidis i vagin a interrogar-lo.

9

Al matí em poso en marxa cap a Prefectura pensant que és un consol que els dos actes organitzats amb motiu dels suïcidis d'en Begleris i en Kortidis no hagin violat les restriccions de la pandèmia. No sé què pensen els cervells d'aquest moviment, però fins ara la recepta sembla que no els funciona.

Qui té pressa, ensopega, deia la meva mare, Déu l'hagi perdonat. La trucada telefònica de l'Alamanos arriba just quan faig el primer glop de cafè del matí.

—Hi ha merder a Peristeri —m'anuncia.

—¿Hi ha manifestació? —pregunto espantat i mirant l'hora al rellotge. Són les nou del matí. ¿Qui convoca una manifestació a les nou del matí?

L'Alamanos resol la meva pregunta.

—No hi ha cap manifestació, sinó una pluja de fulls volants —m'explica—. Peristeri està inundat d'octavetes. Puc enviar-te una foto perquè te'n facis una idea.

—No. Deixa-m'ho veure en persona perquè temo que portarà conseqüències.

No friso només per satisfer la meva curiositat. Sé que és qüestió de temps que soni el timbre de la reunió i hagi de sentir cridar el ministre. Així que vull ser testimoni presencial dels fets per saber com tractar-los.

M'enduc en Dervísoglu i deixo la Kula al despatx per si cal coordinar accions immediates.

Quan arribem a Peristeri, ens quedem bocabadats. Els carrers sota els edificis d'apartaments i les zones exteriors dels establiments de restauració estan coberts d'una catifa de fulls volants. N'agafo un i el llegeixo.

> Ahir vam homenatjar la memòria d'en Vlasis Kortidis. Avui estem de dol per la nostra pròpia vida i per les nostres famílies. Si continuem així, aviat farem companyia a en Kortidis. Per a les botigues es van inventar el take away, per a nosaltres, el click away. Amb un clic serem fora, és a dir, a l'altre barri. Això va fer en Kortidis. Alceu-vos tots i lluitem per impedir que ens desconnectin de les nostres vides.

Els fulletons estan fets amb impressora.

—Segurament els han imprès amb impressores domèstiques i els han llançat des de les finestres i els balcons de casa seva —em diu l'Alamanos, com si em llegís la ment.

—Sí, però les octavetes no només són al carrer —diu en Dervísoglu, que mentrestant ha anat a fer un tomb—. També les han enganxat als fanals i als parabrises dels cotxes.

—Han sortit a les cinc de la matinada, quan s'obre el trànsit, les han enganxat i han tornat a casa seva —li explica l'Alamanos—. A aquesta hora no hi ha ningú al carrer, ni tan sols nosaltres.

Miro al meu voltant. Totes les botigues estan tancades. Hi ha pocs vianants. Algú s'inclina i agafa un full volant.

—¡Ben fet, collons! —crida algú no se sap des d'on—. Per fi hi ha algú que ha obert els ulls. Ens envien al cementiri, companys. A veure si en sou conscients.

—¿Què fem, comandant? —pregunta un dels agents antiavalots al seu cap.

—Trucar als serveis municipals perquè netegin els carrers i treguin les octavetes dels fanals —respon l'Alamanos—. No hi podem fer res més.

—Podem escorcollar les cases i esbrinar qui les ha imprès —diu un altre.

—D'acord, però primer hauràs de trobar un jutge que emeti una ordre d'escorcoll per imprimir octavetes —li respon l'Alamanos.

Els bars que ofereixen cafè i esmorzars per emportar han començat a obrir l'un darrere l'altre. Anem a un dels que ahir regalaven cafè en record d'en Kortidis.

—Qui ha imprès i ha llançat les octavetes? —pregunta l'Alamanos a l'amo del local.

L'home arronsa les espatlles.

—No en tinc ni idea. Les acabo de veure ara, quan he vingut a obrir la cafeteria.

—¿Tu no ets un dels que va servir cafè als vianants ahir?

—Sí, un cafè en record d'en Vlasis. El cafè és una cosa, els fulls volants en són una altra.

El mateix diàleg amb les mateixes respostes es repeteix a tots els cafès dels voltants. «No he vist res, no he sentit res, no sé res» és la resposta unànime.

De sobte, se sent música des de la plaça.

—¿Què passa? —pregunta l'Alamanos, esverat. Comença a córrer cap a la plaça i nosaltres li anem al darrere.

Al bell mig de la plaça hi ha tres joves músics. Un toca el saxo, l'altre l'acordió i el tercer la guitarra. Tots tres porten mascaretes i compleixen les distàncies de seguretat. Quan s'acaba la cançó, el guitarrista crida:

—Som músics condemnats a morir de fam per culpa del virus. Hem decidit que el nostre adeu sigui amb música.

Tres vianants que s'havien aturat els aplaudeixen i se'n van. Un dels antiavalots se'ls acosta.

—Marxeu immediatament. El que feu està prohibit —els diu.

—¿Per què està prohibit? —protesta l'acordionista—. Portem mascaretes i mantenim la distància. Aleshores, ¿per què està prohibit?

—¿I què, doncs? ¿Preferiu que ens morim de gana que toquem? —els pregunta el saxofonista.

—Ves a saber. Potser quan ens enterrin vindrà la banda municipal a donar-nos suport —afegeix el guitarrista.

L'Alamanos decideix intervenir-hi abans que la situació es descontroli i s'acosta als músics.

—Nois, si la gent s'amuntega per escoltar-vos, ens veurem obligats a utilitzar la força. La situació ja és prou tensa i podria sortir-se de mare. Per això us dic que marxeu ara que la cosa encara està tranquil·la.

Els tres músics ho parlen entre ells.

—D'acord, ¿toquem dues cançons més i marxem? —proposa el guitarrista.

—D'acord, però només dues —li diu l'Alamanos.

Els músics tornen a tocar, sota la supervisió dels agents.

—M'agradaria saber com se n'han assabentat —comento amb sorpresa.

—Probablement deu haver sortit a les xarxes socials. No m'estranyaria que tinguem més episodis com aquest —afegeix en Dervísoglu.

El mòbil s'anticipa a la meva resposta.

—¿Ja sap què ha passat? —sento la veu del sotsdirector.

—No només me n'he assabentat, sinó que soc al lloc dels fets —li responc.

—El ministre ens ha cridat a capítol. Ha de venir de seguida, comissari.

Informo l'Alamanos i marxo amb el cotxe patrulla. Li dic al conductor que posi la sirena per no fer tard.

La trucada del sotsdirector no m'ha agafat desprevingut. Des d'ahir estava segur que comptaríem amb la intervenció del ministre. El problema serà com convèncer-lo que una acció que no aprovem no constitueix per força un acte il·legal.

Trobo els meus dos superiors que ja m'esperen drets al despatx del director. Se m'acosten a pas ràpid, abans que pugui entrar-hi.

—Som-hi. No cal que tinguem cap conversa prèvia. Al cap i a la fi, el recital de queixes del ministre anirà adreçada a tots en general —diu el director.

El ministre ens fa un gest perquè seguem a la taula de reunions, sense dir ni una paraula. Ho fem, mentre ell continua signant documents. És probable que ho faci a propòsit per posar-nos nerviosos abans de començar la seva salmòdia.

—Aquest assumpte dels suïcidis ha començat a agafar proporcions perilloses, tal com vaig preveure des del principi —ens diu, quan s'asseu a la taula—. I no em diguin que és casualitat. Aquí hi ha un pla preestablert.

—Té raó, senyor ministre —li responc—. Ens enfrontem a una mena de moviment, o de confabulació, emprant les mateixes paraules que van fer servir els dos suïcides al final de les seves cartes de comiat. Per això ja hem iniciat una investigació coordinada.

Passo a fer-li una extensa posada al dia, des de la localització d'en Parasidis i el sobre amb la carta que va rebre de l'oficina de correus, fins a les investigacions d'en Velidis, les trucades des de telèfons públics i l'examen grafològic.

—Mentrestant, hem identificat també la persona que va penjar la primera publicació a la xarxa i ja he enviat els meus homes a interrogar-lo —afegeixo.

El meu informe sembla calmar-lo una mica.

—Tot això és correcte i hi estic d'acord. Però haurien de localitzar el cervell del moviment. En cas contrari els suïcidis continuaran i ja hem vist que el segon ha tingut unes conseqüències força més perilloses que el primer.

—La diferència es troba en els suïcides —li explico—. El primer sortia de casa seva i no tenia contacte amb la gent. En canvi, el segon, en Kortidis, encara podia caminar, passejava pel barri i era molt conegut i estimat a Peristeri.

—No em refereixo a la manifestació dels cafès, sinó a les octavetes i al seu missatge —em respon.

—Sí, però això també ha estat un acte de protesta pacífic, com el primer, senyor ministre —li explica el director.

—No hi ha hagut enfrontaments, ni bombes casolanes, ni gasos. Fins i tot els músics han marxat quan el comandant d'antiavalots els ho ha demanat.

—Me n'alegro, però ningú ens garanteix que després del proper suïcidi no empitjorin les coses —respon el ministre—. I el més desagradable és que no sabem quants suïcidis més hi haurà fins que trobem l'ideòleg del moviment. —Fa una pausa i ens observa. Aleshores s'adreça al director i li diu—: Vull que prepari tan aviat com sigui possible un pla d'acció complet per evitar qualsevol manifestació en cas d'un nou suïcidi.

S'aixeca i torna al seu escriptori per dir-nos que la reunió s'acaba aquí i que no hi ha res més a parlar.

Captem el missatge i marxem cap al despatx del director. Quan hi entrem, s'asseu a l'escriptori i s'agafa el cap amb les dues mans per uns instants. Després el deixa estar i ens mira.

—Quan em van nomenar director de les Forces i Cossos de Seguretat, me'n vaig alegrar enormement —diu en veu baixa—. Ara em trobo que he de trobar solucions als capricis del ministre que toqui i a cobrir-li les espatlles.

—Hi ha una solució —diu el sotsdirector, que bada boca per primer cop.

—¿Quina? —pregunta el director.

—Com que no podem ni prevenir ni evitar nous suïcidis,

fins que no identifiquem el cervell del moviment, l'única solució és que el barri del suïcida es sotmeti a un confinament domiciliari sota estricta vigilància policial i es prohibeixi durant cinc dies que els veïns surtin dels domicilis, fins i tot per anar a comprar menjar o tabac. Només es permetrà anar a l'hospital, si cal, i exclusivament en ambulància, i a les farmàcies només amb cita prèvia. Tota la resta es lliurarà a domicili.

El director esclata a riure nerviós.

—Tens raó. Comença a preparar el pla perquè hi doni el vistiplau. Aquesta és l'única solució perquè entengui que nosaltres complim les ordres com toca, però alguns fan el que volen.

No tinc ganes de tornar a Prefectura, però al mateix temps friso per saber què n'han tret en Dermitzakis i l'Askalidis de l'interrogatori a en Keleris.

—Exactament el mateix mètode que amb en Kortidis —em diu en Dermitzakis, quan els convoco al meu despatx—. Només que en Keleris va llençar el sobre. Però es va quedar la nota que deia «per publicar».

—De seguida que va rebre la carta la va penjar perquè es pensava que en Begleris ja es devia haver suïcidat —afegeix l'Askalidis.

—¿Heu esbrinat a què es dedica, aquest Keleris? —els pregunto.

—És programador —em respon l'Askalidis—. Fa programes informàtics per a empreses.

Els dos casos mostren un modus operandi idèntic. Si hi ha un tercer suïcidi, estic seguríssim que actuaran de la mateixa manera.

Aquest és un descobriment en part útil, però no ens condueix al cervell que mou els fils, ni explica com tria, i sobretot i més important, com convenç els potencials suïcides perquè posin fi a la seva vida.

10

Truco a l'Adrianí per dir-li que aquest vespre no estaré amb el meu net perquè vull veure les notícies de la televisió. La seva resposta em sorprèn. Li sembla molt bé la idea i em diu que l'esperi per sopar junts, com fèiem abans.

Tot just pitjo el comandament a distància, apareix la imatge que he viscut aquest matí. Espais exteriors coberts amb catifes de fulls volants. Hi ha molt pocs transeünts i els cotxes passen sense aturar-se.

—Aquesta ha estat la imatge d'aquest matí a Peristeri, estimats espectadors —diu el presentador davant la càmera—. No obstant això, hi ha un comunicat del ministre de l'Interior. Escoltem-lo.

L'Adrianí apareix abans que el ministre i s'asseu a veure les notícies a una certa distància meva. Sempre manté la distància.

El ministre parla des del seu despatx.

—Això que ha passat avui a Peristeri és tan trist com inacceptable —declara com a introducció el ministre—. Algunes persones irresponsables no poden aprofitar el suïcidi d'un ancià per organitzar actes de protesta. No exagero si dic que l'acte d'avui ha estat un insult a la memòria d'un home gran, la desesperació del qual el va portar a posar fi a la seva vida. I especialment quan el Govern ha prohibit expressament qualsevol manifestació de protesta. Ja estem treballant en mesures per posar fi a aquestes innecessàries i perilloses transgressions.

L'última declaració és una referència a l'ordre que va donar al director de preparar un pla de prevenció de manifestacions posteriors a un suïcidi. Òbviament encara no sap quin pla haurà d'assumir.

—Mirin ara aquest vídeo, per entendre quina raó té el ministre —diu el presentador i assenyala els tres músics. El vídeo queda tallat en el moment en què els dos agents antiavalots s'apropen als músics. Tot seguit a la finestreta superior de la pantalla apareix l'expert.

—Antigament, a les finestres sortien les nostres mares i els veïns. Ara només hi veiem experts —comenta l'Adrianí, i s'aixeca perquè no té ganes de veure la resta.

L'expert comença a enumerar els riscos de transmissió del virus que comporten aquests esdeveniments, sobretot en un moment en què els hospitals estan col·lapsats.

En una segona finestreta apareix una altra experta, que diu el mateix. Quan s'obre la tercera, apago la televisió, mentre m'insulto a mi mateix per no haver fet com la meva dona, però he preferit sentir la mateixa xerrameca de diferents veus.

—¿Hi ha res per menjar? —li pregunto quan entro a la cuina.

Es gira i em mira fixament.

—¿Quan t'he deixat sense sopar?

—Mai, que jo recordi.

—He fet seitons amb llimona. N'he agafat uns quants per a nosaltres.

Tinc una gran debilitat pels seitons amb llimona i, després del que he passat avui, rebo la notícia com mannà caigut del cel. Gaudeixo de l'àpat i m'oblido de tot fins al moment en què la veu de l'Adrianí em retorna a la realitat.

—Començo a pensar que la Katerina té raó —em diu de sobte.

—¿En què, té raó? —li pregunto amb la boca plena.

—Ja saps quina por em fa el virus i ja veus que soc prudent. Però, tots aquests que fa tants mesos que no treballen, ¿de què menjaran? No se'ls pot dir: «Jo et protegeixo del virus, si passes gana és cosa teva». Recordo de petita quan se'm regirava la panxa buida i sé què vol dir passar gana. M'alegro que la meva filla també ho entengui, tot i que no sàpiga què és.

És de les poques vegades que lloa la seva filla amb algun elogi. No dic res i me'n vaig a dormir, després d'haver gaudit d'un bon sopar.

La primera trucada que rebo al matí és del sotsdirector.

—El director vol que també sigui present a la discussió sobre el pla —em diu—. Només m'ha preguntat quina pot ser l'aportació de la Subdirecció de Seguretat, per incloure-la en les mesures que proposarem.

—Tot el que se m'acudeix ara mateix és una investigació sobre el terreny, si es produeix un nou suïcidi, per determinar la relació del suïcida amb el barri, així com descobrir quines visites va rebre abans de matar-se.

—D'acord, també ho inclourem en la proposta.

—Potser també caldria informar el director de la Brigada Antiavalots, ¿no creu? —li pregunto.

—Ja l'hi vaig proposar al cap, però ara per ara prefereix que ho fem un cop aprovat el pla per no donar idees al ministre abans d'hora.

Pengem i comença un nou període d'espera i d'inactivitat. Em pregunto si no hauria de posar al corrent els meus col·laboradors, però ho deixo estar perquè encara no sabem si el pla s'aprovarà i quan.

Al cap d'una hora, el sotsdirector m'informa que el pla està preparat per presentar-lo al ministre.

Ens trobem al despatx del cap i el sotsdirector ens llegeix el pla. És tal com l'havíem discutit. L'únic canvi, proposat pel director, és finalment que els quioscs romanguin oberts, però que es prohibeixi la venda de begudes alcohòliques. Tots estem d'acord en la proposta final i el director informa al ministre que ja estem preparats. Ens convoca tot seguit al seu despatx.

El director dona la proposta escrita i comença a desenvolupar verbalment les limitacions que preveu. El ministre l'escolta i, a mesura que el cap avança, arrufa més les celles.

—O sigui, ¿el que em proposa en cas d'un altre suïcidi és imposar un confinament general a la zona on vivia el suïcida? —li pregunta el ministre.

—Si el que volem és evitar concentracions pacífiques com les que va haver-hi al centre d'Atenes després del primer suïcidi, i a Peristeri després del segon, no hi ha cap més solució, senyor ministre —respon el director.

—¿I quant de temps duraria aquest confinament general?

—La nostra proposta és des del dia que es conegui el suïcidi fins a tres dies després del funeral, és a dir, al voltant de cinc dies —li explica el sotsdirector.

—A l'enterrament no hi podran assistir més de cinc familiars de primer grau —afegeix el director.

—Però el que vostès proposen és el confinament més estricte que s'ha implantat mai —diu el ministre, desconcertat.

—Si volem prohibir qualsevol protesta pacífica, en la forma que sigui, no tenim cap més solució —li respon el sotsdirector.

—Conseqüentment, en determinats casos ens caldran ordres judicials per escorcollar les cases —afegeix el cap.

El ministre s'ha quedat en silenci i rumia. Al cap d'un moment aixeca el cap i ens mira.

—Els anunciaré la decisió final després de consultar-la amb el primer ministre —diu.

La nostra estada al despatx ministerial s'acaba i toquem el dos. Contenim els somriures fins a ser fora del despatx.

—El primer ministre no aprovarà mai de la vida un confinament tan estricte —diu el director amb absoluta confiança, quan arribem al seu despatx—. D'aquesta manera ens estalviem futurs retrets. La teva idea ens ha salvat —diu al sotsdirector.

El sotsdirector es gira cap a mi.

—De tota manera, però, val la pena mantenir la seva proposta per a investigacions i interrogatoris al barri després de qualsevol nou suïcidi, que cap de nosaltres desitja.

—Jo també espero que no sigui necessària —li responc, encara que tinc els meus dubtes.

Ens separem de bon humor, cosa estranya en les condicions actuals. Aquest bon humor em fa recordar la promesa que vaig fer a en Zisis de quedar. Primer truco a l'Adrianí per assegurar-me que no hi hagi cap impediment.

—Espero que el puguis convèncer perquè vingui —em diu la meva dona, entusiasmada—. El trobem a faltar.

De seguida truco a en Zisis. Quan sent la proposta comença a posar-hi objeccions, però el tallo sense contemplacions.

—No vull excuses —li dic categòricament—. Tots volem veure't. Passaré a recollir-te. Sempre durem la mascareta. A més, a casa hi ha supervisió mèdica, ja ho saps.

Aquí s'acaba la conversa. Hem quedat a les sis perquè també tingui temps de veure el seu fillol.

11

En Zisis m'espera a l'entrada de l'asil. L'única part de la cara que se li veu és la que va de les pestanyes al front, un espai tan petit que hi cabria ben poca cosa. La resta de la cara està coberta per una mascareta negra reutilitzable de màxima protecció. Sosté una bossa de plàstic plena de coses i una de més petita amb una capsa llarga i estreta.

Li obro la porta de l'acompanyant, però prefereix pujar al seient del darrere.

—Mantinguem la distància —declara amb un to sever.

—Veig que portes una mascareta reutilitzable.

—A l'asil tothom porta la mateixa —respon—. Les cusen les dones de l'asil. Dues per a cadascun. Ens en posem una i rentem l'altra a noranta graus.

—Hauré de fer venir els de Sanitat i Protecció Civil perquè us facin fotografies i les pengin a la xarxa com a exemple d'autoprotecció perfecta —li dic.

—Això és el que tenen de bo les derrotes a la vida.

—¿Què vols dir?

—T'ensenyen a protegir-te —m'explica.

Me'l miro a través del retrovisor. No li puc veure la cara, però pels ulls sé que riu.

No diem res més fins que arribem a casa de la Katerina. Ens obre l'Adrianí, que li crida emocionada:

—Finalment. ¡Mira que ens ha costat veure't!

—Encara hauràs de tenir una mica més de paciència perquè primer m'he de canviar de roba —li diu en Zisis.

La meva dona el fa anar al bany mentre jo vaig al dormitori a canviar-me d'indumentària. La part agradable és que tant ell com jo fem acte de presència frescos com una rosa.

—Ara anem a veure el teu fillol —li diu l'Adrianí.

—Primer portaré la roba que duia al balcó —respon.

Agafa la bossa gran de plàstic i surt al balcó, mentre l'Adrianí l'observa i es persigna.

—No m'ho hauria imaginat mai. Que un home que ha viscut sol tants anys pugui tenir aquesta consciència de perill... —em diu sorpresa.

En Zisis torna, agafa la capsa de la segona bossa i anem tots junts a l'habitació del petit Lambros.

El trobem dret entre els genolls de sa mare. Veu entrar el trio i la mirada es fixa immediatament en el nouvingut. Se'l mira, però no li reconeix la cara darrere de la mascareta. La sorpresa d'en Zisis, però, no és menor.

—¡Com ha crescut! —diu meravellat—. ¡Si només fa uns mesos que no el veia! ¿Com estàs, homenàs?

Quan la criatura li sent la veu, es posa a plorar i busca refugi als braços de l'àvia.

—Va, no siguis esquerp. Aquest senyor és qui et va batejar amb el nom que portes, Lambros —el tranquil·litza l'Adrianí.

—Mira què t'he portat —li diu en Zisis.

Agafa la capsa i l'obre. De l'interior treu un cavall amb un genet, tots dos fets de tela. El cavall és blanc amb pintes negres, crinera i els ulls pintats, mentre que el genet va vestit de blau cel i sosté les regnes del cavall, que són de llana negra.

—Les senyores de l'asil l'han fet per a tu —li diu en Zisis i li deixa la joguina al davant.

La mirada del nen es fixa en la joguina. S'escapa dels braços de la seva àvia i s'hi acosta. S'asseu, l'agafa amb les mans i el mira encuriosit.

Això per fi permet a la Katerina un moment per parlar amb en Zisis.

—Ja era hora que et deixessis veure, oncle Lambros. Començava a creure que ens evitaves.

—No vas equivocada —li reconeix en Zisis—. Però no ho feia per res dolent, només perquè visc en un asil amb molts altres i la majoria són vells, com jo. —Després afegeix—: Que sàpigues que jo tampoc no podia suportar no veure-us i per això al final he decidit venir aquest vespre.

Agafem el petit Lambros i el seu genet i el portem a la sala d'estar. És la primera vegada des de fa mesos que tornem a estar tots junts i l'alegria s'escampa per la casa. En Zisis està entusiasmat amb el fillol. No s'acaba de creure que hagi crescut tant. Després de les primeres converses arriba en Fanis i es produeixen nous esclats d'alegria.

—També hem perdut la Melpo, que ens donava notícies teves —li diu en Fanis—. ¿Com va per l'asil?

—Bé, però no sense dificultats. Per sort tinc un equip al voltant que té els ulls oberts i no s'està per històries. Naturalment, tots els que tenen la meva edat estan vacunats. Però encara ajuden més les proves que els faig cada deu dies. La por de donar positiu i que els traslladin a una zona de quarantena els obliga a protegir-se.

—Pare, ¿què és aquesta història dels suïcidis? —em pregunta de sobte la Katerina.

No tinc ganes d'encetar aquesta conversa i intento escapolir-me'n amb vaguetats.

—Uns ancians d'edat molt avançada que se suïciden i deixen una carta de comiat.

—Espera't fins que faci dormir en Lambros, que després vull que m'ho expliquis bé perquè m'has despertat la curiositat —em diu la Katerina i s'aixeca per preparar el menjar del meu net.

L'Adrianí em mira com dient-me que ara no és moment per a possibles discussions. Ho sé, però no veig com puc esquivar el tema.

Llavors agafa el nostre sopar com a pretext i també se'n va a la cuina, però alguna cosa em diu que vol parlar a soles amb la seva filla per evitar qualsevol discussió en presència d'en Zisis.

Els altres tres ens quedem a la sala d'estar i en Fanis reprèn el tema que no el deixa viure: la situació als hospitals, que cada dia és més feixuga, mentre que el nombre d'infectats per coronavirus no sembla disminuir.

—Per això valoro molt el que has fet, oncle Lambros. Has mantingut el virus fora de l'asil. Això és el que no van aconseguir en moltes residències d'avis, que es van convertir en focus de contaminació.

—Sí, però hi ha una diferència. Les residències tenen personal treballant, mentre que a la nostra tot ho fan els residents i la situació es controla més fàcilment —li explica en Zisis.

La Katerina porta el menjar d'en Lambros i l'asseu a la taula per donar-l'hi amb la cullera. El nen obre mecànicament la boca, mentre segueix jugant amb el cavall i el genet.

—Ves amb compte, fill, que el tacaràs i el convertiràs en el genet empastifat —li diu rient. Quan s'acaba el menjar, ens el porta perquè li desitgem bona nit. Primer ho fa el seu pare, després l'avi i finalment el padrí, Zisis.

—Espero tornar-te a veure abans que vagis a la llar d'infants —diu, orgullós, al fillol.

L'Adrianí aprofita l'absència de la Katerina per parar taula. Primer porta una amanida i després un plat d'arengades fumades. Tots estem esperant el plat especial que ha cuinat en honor del nostre convidat. Sembla que és alguna cosa al forn.

—He fet pastís de verdures perquè sé que a en Lambros li encanta —ens comunica.

—Bravo, Adrianí —crida entusiasmat en Zisis.

—No té cap mèrit, que la recepta me la vas ensenyar tu —li respon la meva dona.

Seiem a taula i comencem a menjar sense dir res. El silenci és l'evidència de la gana i de la bondat dels plats. En Zisis ho confirma.

—Potser et vaig ensenyar a fer-lo, però m'has superat amb escreix —li diu a l'Adrianí.

Quan tothom ha acabat de degustar el pastís de verdures, la Katerina torna a la càrrega amb la pregunta d'abans.

—Bé, doncs, ¿qui són aquests suïcides?

Esperava que el menjar li fes oblidar el tema, però m'equivocava.

—Com et deia, es tracta d'unes persones molt grans que es lleven la vida i deixen notes de suïcidi.

—... que inciten la gent a mobilitzar-se —afegeix en Fanis.

—Sí, però les mobilitzacions han estat sota control en tots dos casos —li explico.

—Això no garanteix que passi el mateix en una tercera, si n'hi ha —em respon.

En Zisis intervé en el moment adequat.

—Saps, Fanis, els problemes més difícils són aquells en què ambdues parts tenen raó —li diu—. Tu, com a metge, la tens quan dius que les concentracions augmentaran els casos de contagi i que no s'han de fer. Però també tenen raó els altres, que diuen que amb les botigues tancades passaran gana ells i les seves famílies. Es queixen perquè aviat no tindran ni un plat per menjar.

—Això és el que intento explicar-te des de fa dies —li diu la Katerina.

—¿I què penses fer? ¿Sortir a manifestar-te en senyal de suport? —li pregunta irònicament en Fanis.

L'Adrianí i jo ens mirem perquè hem tingut el mateix pensament: la situació va camí d'un xoc frontal. Vull intervenir-hi, però la Katerina se m'avança.

—¿Però no hi toques o què? —li diu al seu marit—. ¿Què vols que hi faci jo, a les concentracions de protesta? L'únic suport que els puc donar és legal. Si en algun moment decideixen continuar amb demandes o reclamacions judicials, els donaré suport de franc.

—Ben dit, Katerina —li diu en Zisis, emocionat.

—En això jo també hi estic d'acord, no cal discutir-ho —diu en Fanis i es gira cap a nosaltres—. ¿Veieu què vol dir un matrimoni mobilitzat? Jo estic destinat a l'hospital i ella, alineada al costat dels pobres i dels febles.

Tot seguit, l'ambient es relaxa.

—¿Creus que hi haurà més suïcidis semblants? —em pregunta la Katerina.

Decideixo parlar sense embuts.

—Creiem que darrere dels suïcidis hi ha una ment pensant. Si més no, és el que es desprèn de la investigació que hem dut a terme fins ara. —Els parlo dels noms i les adreces dels que han penjat les cartes de comiat a les xarxes socials—. El que reforça les nostres sospites és que la persona que va proporcionar les adreces als suïcides trucava des d'una cabina perquè no es pogués identificar el seu telèfon. Trucava des de les cabines de Níkea.

—¿De Níkea, dius? —pregunta en Zisis.

—Sí.

—¿Saps com li deien a Níkea antigament? La Roja. Sens dubte perquè ho era. La majoria dels seus habitants eren d'esquerres i afiliats al Partit Comunista. Níkea la Roja era un baluard de l'esquerra a la regió de l'Àtica.

Me'l quedo mirant.

—Bé, quan t'ho vaig preguntar, em vas dir que no coneixies en Kortidis i que potser no era d'esquerres.

—Et vaig dir que a les mobilitzacions que organitzàvem no hi participaven només els d'esquerres. Les mobilitzacions, però, sempre eren organitzades per les organitzacions polítiques.

Al final hem evitat la baralla entre marit i muller i jo he obtingut una informació que em pot ser útil. No tinc cap motiu per estar descontent.

—Si hi ha un altre suïcidi, et tornaré a preguntar, per si coneixes el mort —li dic al meu amic, de tornada a l'asil.

—Només recorda venir sempre amb mascareta —em respon.

—Lambros, per sort no et vaig conèixer abans —li diu l'Adrianí.

—¿Per què? —li pregunta en Zisis.

—Perquè hauria acabat fent-me comunista. Sempre tens la manera de convèncer-me, com aquest vespre amb el que has dit a en Fanis.

La vetllada s'acaba entre rialles.

12

No paro de pensar en la informació que em va donar en Zisis ahir al vespre sobre Níkea la Roja. Intento posar en ordre les dades que tenim o que podríem reunir per poder avaluar si, i en quina mesura, la informació d'en Zisis ens pot ser d'utilitat.

Estic gairebé segur que el cervell del moviment viu a Níkea. Les trucades telefòniques, fetes des de cabines públiques d'aquest barri, porten a aquesta conclusió. Sí, és cert, en teoria no podem descartar que enviés algú a Níkea a fer les trucades. D'acord, però ¿per què? No investiguem els crims d'un assassí que intenta esborrar el seu rastre.

L'altre problema de difícil solució és com localitzar el cervell del moviment. Si el que em va dir en Zisis és cert, i no tinc cap motiu per dubtar-ne, aleshores Níkea ha de ser una mena de geriàtric d'esquerres. No serà gens fàcil trobar la ment pensant entre tants esquerrans d'edat avançada.

De sobte tinc una idea i demano a la Stel·la que convoqui la unitat. Considero que encara és massa d'hora per fer-los saber el que em va explicar el meu amic i prefereixo seguir un altre camí.

—Sabem que els dos suïcides van rebre les adreces d'en Parasidis i d'en Keleris a través de trucades telefòniques fetes des de Níkea —els dic—. Ens va passar per alt, però, preguntar a en Parasidis i en Keleris si tenen familiars o coneguts a Níkea i si hi mantenen cap contacte.

—Té raó, comissari, ens en vam oblidar —em diu en Dermitzakis—. Tenim els seus números de telèfon. Ho esmenem de seguida.

Marxen i tot seguit em truca el sotsdirector.

—El ministre ha informat el director —m'anuncia. Noto una evident satisfacció en el to de la seva veu.

—¿I què li ha dit?

—Que, si hi ha nous suïcidis, el barri on s'hagi produït es posarà sota discreta vigilància per poder intervenir-hi a temps si s'hi produeixen protestes o aldarulls. —Fa una pausa i afegeix—: Li ha dit que aquesta és la decisió del primer ministre. —Es relaxa i es posa a riure.

—Hauríem d'informar-ne l'Alamanos.

—Ja ho ha fet el director.

Jo també tinc motius per estar content amb aquesta decisió. Ens facilitarà una futura investigació, si és necessària.

Al cap de poc em truca en Dervísoglu.

—Ni l'un ni l'altre tenen cap relació amb Níkea —m'informa—. En Keleris ens ha dit que la seva única relació amb aquest barri del Pireu és l'estadi de l'Olimpiakós, perquè n'és seguidor i va a veure-hi els partits. I en Parasidis ens ha dit que només baixa al Pireu per agafar el vaixell per anar de vacances a alguna illa.

Per tant, el contacte era només entre el cervell del moviment i els dos suïcides. Això ens ajuda perquè limita el cercle de la investigació.

Acabo amb una trucada telefònica a l'Alamanos per si té res més de nou. Em respon que tant al centre d'Atenes com a Peristeri hi ha una calma absoluta. Pengem i em mantinc a l'espera.

No hi ha res pitjor que saber que passarà alguna cosa,

però no poder preveure-la i encara menys anticipar-s'hi, i ser ostatge de les decisions del criminal.

Quan no podem resoldre un problema, es crea una comissió, va dir una vegada un polític. Ara estic fent el mateix per no perdre la iniciativa. Truco a en Velidis i a l'Alamanos i creo una comissió. Des del primer moment, però, m'adono que la comissió tampoc servirà de res.

—És impossible determinar si la persona que va contactar amb els suïcides va fer més trucades des de cabines públiques —em deixa clar en Velidis—. Una cosa és segura: no va contactar amb els dos paios que van penjar les cartes a les xarxes. Als seus mòbils no hem trobat cap trucada des d'una cabina de telèfon.

—¿Com podem estar informats a partir d'ara de possibles trucades des de cabines públiques? —li pregunto.

—El seguiment és feina de l'Alamanos i teva —em respon.

—Em fa l'efecte que això és impossible —respon l'Alamanos—. Encara que controléssim totes les cabines de Níkea, no sabem qui hem de trobar. Si comencem a fer preguntes al carrer, qui sigui que busquem sospitarà i es farà fonedís. És impossible vigilar totes les cabines telefòniques de la regió de l'Àtica.

—L'altra pregunta és: ¿com va convèncer el cervell els vells perquè se suïcidessin? ¿Els va anar a trobar a casa seva? —els pregunto.

—En Begleris vivia sol. La neta li portava el menjar a una hora determinada del dia —m'aclareix l'Askalidis—. Per tant, no tenim manera de comprovar si rebia visites. En Kortidis, en canvi, tenia una dona que el cuidava. Ja l'hi vam preguntar, però estava segura que no havia vist mai visites a la casa del vell.

—D'altra banda, pel que sabem, en Kortidis solia passejar pel barri —diu en Dermitzakis—. Si la restauració estigués oberta podríem pentinar les cafeteries de la zona per si algun cambrer l'hagués vist prenent cafè en companyia d'altra gent. Però la restauració fa mesos que té la persiana abaixada. O sigui que, encara que s'hagués trobat amb algú, ho hauria fet assegut amb una tassa de cafè en un banc, com fa la gent gran. En aquestes circumstàncies és com buscar una agulla en un paller.

Agafem el camí que agafem, arribem a un carreró sense sortida. La comissió de consol acaba sense pena ni glòria i els meus col·laboradors tornen a la feina.

Antigament, quan encara no hi havia ni televisió, els nostres pares feien solitaris. Ara jo he convertit la paperassa oficial en els meus solitaris personals i em dedico a escampar documents damunt l'escriptori per matar l'estona. Aquest estat nerviós dura fins a les tres de la tarda. He arribat al límit de les meves forces i estic a punt d'engegar-ho tot i anar a cercar refugi a cal meu net, quan sona el telèfon.

—Soc l'Avlakiotis, comandant de la comissaria d'Akharnon, comissari. Li truco per informar-lo que tenim un altre suïcidi.

Necessito uns segons per recuperar la veu.

—¿On vivia el difunt? —pregunto al comandant.

—A la tercera planta d'un edifici d'apartaments, a la cantonada d'Akharnon i Sant Melétios.

—¿Podeu donar-me alguna informació inicial? —li pregunto.

—El suïcida es diu Meletis Rodàs i en tenia més de noranta. El va trobar la dona que hi va cada setmana a endreçar-li l'apartament i cuinar-li.

—Com es va suïcidar?

—Es va tallar el coll amb una navalla. El vam trobar estirat a terra. —Fa una pausa i afegeix—: Ja l'adverteixo que no és agradable de veure.

Arriba el moment de la pregunta que em crema.

—¿Va deixar cap nota?

—A primera vista, no em vam trobar cap, però no vam voler escorcollar més exhaustivament. Ho hem deixat per a vostès, que en són els experts.

—Gràcies. Venim de seguida. Simplement no deixeu que la senyora de fer feines marxi. Volem interrogar-la.

—L'hem retingut. Està esperant al pis d'uns veïns —em tranquil·litza.

Pengem, però abans de convocar la unitat penso que el més oportú és informar el meu cap. M'escolta i roman en silenci.

—El pitjor d'aquest cas és que no sabem què ens espera i quines seran les conseqüències de cada suïcidi —em diu.

—Els agents de la comissaria no han trobat cap carta. Si nosaltres tampoc en trobem cap, serà un cas de suïcidi que no tindrà res a veure amb la nostra investigació.

—Tant de bo —em respon, però de la seva veu es desprèn el dubte.

Li dic a en Dermitzakis que avisi la Científica i el forense.

—Us vull a tots allí perquè potser cal interrogar els veïns de l'edifici —li dic.

Al cap d'un quart d'hora ens posem en marxa amb dos cotxes patrulla en direcció a Akharnon.

13

No cal buscar el número. Davant de l'edifici d'apartaments on vivia el suïcida hi ha aparcat un cotxe patrulla. El conductor ens informa que l'apartament d'en Rodàs és al tercer pis.

De tota manera, ho hauríem endevinat per la quantitat d'homes i dones, de diverses edats, que hi ha reunits al passadís. Quan ens veuen, les converses es poden tallar amb un ganivet. Davant de l'entrada de l'apartament hi ha apostat un agent.

—¿Tots vostès són inquilins de l'edifici? —els pregunto.

—Sí, i amics d'en Meletis —em respon un home.

—Els he de demanar que esperin cadascun a casa seva. Potser els haurem de fer unes quantes preguntes.

Deixo que la Kula els prengui les dades i localitzi la cuidadora. La resta entrem al pis.

Com a la majoria d'apartaments, en aquest també hi ha un rebedor. Davant, a la dreta, hi ha un penjador i al costat un moble baix de dues peces per a les sabates. A l'altra banda veiem una taula amb un gerro coberta de diaris i revistes.

Entrem a la peça davant de l'entrada, on normalment hi hauria d'haver la sala d'estar, però ens trobem un despatx. La paret de la dreta està coberta per una enorme biblioteca. Al bell mig de l'habitació hi ha un gran escriptori amb un ordinador portàtil.

Fem un pas i ens topem amb el panorama descrit pel cap de la comissaria. Un home molt ancià jau a terra de costat. La llengua li surt de la boca. La gola i la llengua estan ofegades en sang. Al costat hi ha una cadira de despatx. La mà de l'home està estesa. Un pas més enllà veiem la navalla.

No cal ser forense per deduir què ha passat. S'ha tallat el coll amb la navalla assegut a la cadira, i quan li han fallat les forces s'ha desplomat a terra.

Els meus tres col·laboradors miren l'espectacle bocabadats i sorpresos. Els retorno a la realitat amb la frase:

—Busqueu primer la carta.

En Dimitriu i la seva gent arriben al moment oportú. També els dic que busquin la carta.

L'Stavrópulos ha considerat innecessari venir personalment i ha enviat un assistent. Fa una ullada al cadàver i confirma el meu pensament.

—No cal fer l'autòpsia. Podeu donar el permís d'enterrament —em diu, i es dirigeix cap a la sortida.

No tinc prou paciència per esperar que trobin la carta i me'n vaig a veure la Kula. La trobo just quan entra a l'apartament.

—Crec que val la pena que parli amb els que viuen al pis de dalt. Li donaran una imatge completa del difunt —em diu—. La resta de veïns diuen, si fa o no fa, el mateix.

Abans de tocar el dos, li dic a en Dermitzakis que interrogui la cuidadora, que es troba a l'apartament del costat. Pugem les escales i ens obre una dona d'uns seixanta-cinc anys.

—El senyor comissari vol fer-li unes preguntes —li diu la Kula.

—Passin —xiuxiueja la dona, clarament devastada.

Ens condueix a una sala d'estar petitburgesa característica d'aquest barri. Hi ha un home assegut al sofà que mira al davant amb ulls inexpressius.

—¿Coneixien en Meletis Rodàs? —els pregunto quan seiem.

L'home es gira i em mira.

—No només el coneixíem, era amic nostre —ens respon.

—¿Saben si tenia família? —els pregunta la Kula.

—No, no tenia ni dona ni fills, estava completament sol. El seu únic company eren les matemàtiques —li respon l'home.

—Era matemàtic, feia classes de repàs a diferents acadèmies —afegeix la seva dona—. Naturalment, estava jubilat, però tots els seus alumnes, en sentir el seu nom, feien una reverència. Ho sé per la meva filla, que era un desastre en matemàtiques. Gràcies a en Meletis va aprovar la selectivitat i actualment és professora de secundària. No era només l'acadèmia. La feia anar al seu pis i li feia classes particulars gratis per ajudar-la. —S'atura i sospira—. ¿Com l'hi diré, Déu meu? —mormola—. Quedarà feta un nyap, quan se n'assabenti. —De sobte es trenca i comença a plorar.

—No ploris, quan ho diguis a l'Anna. Encara la faràs sentir pitjor —li diu el seu marit. Aleshores es gira cap a nosaltres—. Com que estava sol, hi anàvem i li fèiem companyia, o li preguntàvem si volia que li compréssim alguna cosa. No només nosaltres, sinó també els altres veïns de l'edifici. Nosaltres ens encarregarem del seu funeral.

No ens queda res més per preguntar i tornem al pis del suïcida. En Dermitzakis ja ha acabat l'interrogatori de la cuidadora.

—No ha estat un interrogatori fàcil —m'explica—. La dona plorava i es colpejava el pit, i amb ella també els inquilins del pis. Finalment hem sabut que darrerament estava molt abatut. Parlava poc i gairebé no tastava el menjar.

Han cobert el mort amb un llençol. Li dic a la Kula que avisi els inquilins del pis que els de la funerària ja el poden venir a recollir.

De sobte miro al meu voltant i no veig que hi hagi cap televisió.

—¿No tenia televisió? —pregunto estranyat.

—En tenia, al dormitori —respon en Dermitzakis—. Sembla que la veia estirat al llit.

—No hem trobat cap carta enlloc. Segur que no n'hi ha cap —m'informa en Dimitriu.

Respiro alleugerit. Això vol dir que simplement es tracta del suïcidi d'un vell solitari que estava avorrit de la vida i que en cap cas està relacionat amb el moviment suïcida. Estic segur que no seré l'únic que respirarà alleugerit. Els meus caps faran el mateix quan se n'assabentin.

—Vull que lliureu l'ordinador a en Velidis perquè l'escorcolli —li dic a en Dimitriu—. Potser hi apareix alguna informació que ens ajudi en els suïcidis anteriors.

No és que esperi que ens somrigui la sort, simplement ho faig per cobrir-nos les espatlles, sobretot perquè el ministre està a l'aguait, disposat a atacar-nos.

Aquí ja no hi tenim res a fer, de manera que tornem a Prefectura. Tothom està content i relaxat perquè al final ha estat simplement un suïcidi sense més, a diferència dels anteriors.

Entro al despatx i truco de seguida al sotsdirector per donar-li el regal. L'accepta amb gran alegria i alleujament.

—Finalment un suïcidi que no provoqui incendis. Un home d'edat molt avançada posa fi a la seva vida perquè no suporta la situació actual. N'informaré de seguida el director.

Pengem i tot seguit truco a en Velidis.

—Ja m'han portat l'ordinador. ¿Busquem alguna cosa en concret? —em pregunta.

Li faig un breu informe.

—A primera vista, aquest suïcidi no està relacionat amb

els anteriors. El fet que no deixés cap carta demostra que no estem davant d'aquesta mena de confabulació. Només vull que escorcollis l'ordinador per si hi trobeu cap informació que ens pugui ajudar en la investigació, alguna connexió amb els anteriors suïcidis o qualsevol informació que ens pugui ser útil.

—Escorcollarem l'ordinador i te'n tindré informat —em diu.

Torno a l'estat d'hibernació, però aquest cop sense irritació ni angoixa. Calma, ordre i seguretat preval a tot el territori, com solien dir a l'època del meu pare caporal. Més ben dit, prevalia, perquè al cap de dues hores rebo la trucada d'en Velidis i em cau una galleda d'aigua freda.

—No heu trobat cap carta perquè la va publicar ell mateix a Facebook —m'informa.

Em quedo completament garratibat, tot i que em felicito per la bona pensada d'haver enviat a escorcollar l'ordinador d'en Rodàs.

—¿Podries dir-me quan l'ha publicat?

—Avui en fer-se de dia. Us l'envio perquè la llegiu.

Ha publicat la carta i després ha posat punt final a la seva vida. Agafo el telèfon per trucar al cap, però de moment ho deixo estar. Primer prefereixo llegir la carta i després començaré amb les trucades i l'intercanvi d'opinions.

Al cap d'una estona, la Stel·la em porta impresa la carta que en Meletis Rodàs ha penjat a Facebook.

> Al llarg de la meva vida he conegut moltes persones pobres, oprimides i maltractades. Fins ara creia que els responsables de la pobresa i de la injustícia eren els que tenien diners i els llocs de treball. La pandèmia m'ha obert els ulls. Ara descobreixo que hi ha també una altra categoria, els que ocupen llocs fixos i tenen sous alts, que, en plena pandèmia, decidei-

xen qui continuarà tenint feina i qui abaixarà la persiana, qui menjarà i qui es morirà de gana. He passat tota la vida fent de mestre. Alguns dels que ara pateixen van ser alumnes meus o són els pares dels meus alumnes. Tinc noranta-cinc anys i no suporto més la tortura diària de veure els que parlen sense parar als canals i d'altres que acoten el cap i es resignen a la seva sort. Prefereixo posar fi a la meva vida i descansar per sempre més. Però, abans de marxar, vull dir una cosa als que s'han lliurat a la seva sort. Desperteu i lluiteu. La paciència no és només un certificat de pobresa sinó també de derrota. No permeteu que us destrueixin els acomodats que no hi perden res, mentre vosaltres ho perdeu tot. Això és el que us volia dir abans d'acomiadar-me.

Meletis Rodàs
¡Visca la confabulació dels suïcides!

Deixo passar uns minuts per recuperar la sang freda i trucar al sotsdirector.

—Ara el decebré, senyor, però les coses van com van —li dic com a introducció.

—¿Què vol dir? —em pregunta preocupat.

—Ha aparegut una carta. La va publicar el mateix suïcida a Facebook. —Li trasllado les línies generals del contingut de la carta. Necessita una mica de temps per digerir la crua realitat.

—¿Què puc dir? Per sort ha pensat a agafar l'ordinador i fer-lo escorcollar —em diu.

—Hi ha una altra cosa que fa que aquest suïcidi sigui més perillós.

—Digui, ja no vindrà d'aquí, comissari —comenta.

—A partir d'una breu investigació que hem fet, hem descobert que en Rodàs era molt estimat. I no només això. Molts a l'edifici on vivia hi tenien relacions d'amistat, els seus fills eren deixebles del difunt. Li feien companyia, el cuidaven i li feien la compra. Em parlaven i no podien contenir les llàgrimes. Suposo que entendrà que la seva carta tindrà molt més impacte que les dues precedents —li explico.

—Direm a l'Alamanos que vigili la zona, tal com vam acordar.

—Si hi ha protestes, segurament començaran a la zona on vivia en Rodàs. Però ningú ens garanteix que no s'estenguin a altres districtes.

—Primer estiguem a l'aguait i després actuem en conseqüència —em respon.

Li dic a la Stel·la que enviï la carta al sotsdirector i que convoqui l'equip. M'escolten muts de sorpresa.

—Ens hem alegrat abans d'hora —comenta l'Askalidis.

—¡Ja ho pots ben dir! Ara, però, ens hem d'activar per estar preparats. L'Alamanos assumirà la vigilància de la zona. Vosaltres vull que pentineu el barri i recolliu informació. En principi ens interessa l'opinió dels veïns que coneixien en Rodàs. Com que és possible que alguns hagin llegit la carta a la xarxa, ens ajudaria saber les seves reaccions i què en pensen. Sé que això no és fàcil, quan tot està tancat, però fem un esforç, a veure si en traiem res.

—Jo ¿què faig? —em pregunta la Kula.

—El que saps fer millor: ser l'enllaç de la unitat.

Se'n van i jo torno al mode d'espera. Però aquest cop amb l'ai al cor.

14

«Continuarà», apareixia a la pantalla al final d'un capítol d'un serial televisiu. El meu dia va continuar literalment davant del televisor. Sembla que la carta d'en Rodàs va fer el seu periple per les xarxes socials i va causar sensació. El telenotícies va emetre un reportatge complet del suïcidi, amb entrevistes als veïns de la zona d'Akharnon i Sant Melétios, i fotografies de les acadèmies on havia impartit classes el difunt.

Tots els que parlaven davant de la càmera es desfeien en elogis cap al suïcida. Molts li donaven les gràcies fins i tot després de la seva mort per haver ajudat els seus fills a superar els exàmens d'accés a la universitat. El propietari d'una de les acadèmies va entonar tot un panegíric a la memòria del mort.

No sé si ho van fer a propòsit, però el reportatge s'acabava amb un epidemiòleg, que no va fer cap esforç per amagar el seu malestar pels tres suïcidis i sobretot pel d'en Meletis Rodàs.

—No me'n sé avenir que persones que pertanyen a sectors vulnerables de la població sacrifiquin el que els queda de vida per mobilitzar la gent contra les mesures que l'Estat ha pres per protegir-los de la pandèmia —va dir amb ira manifesta—. ¿No veuen les notícies? ¿No han sentit a parlar del problema que pateixen els hospitals i les UCI? ¿Què passarà demà si ens trobem en la dolorosa situació d'haver de triar qui s'ha d'ingressar a les UCI i qui se l'ha de deixar a la seva sort? Cada dia encetem un combat desigual contra el virus i ells ens acusen de deixar morir la gent de fam. S'ha de prohibir la cobertura informativa dels suïcidis i la publicació de les cartes de comiat a les xarxes socials.

Les seves paraules i el to enfadat amb què les diu confirmen el que deia en Zisis: és difícil trobar una solució, quan ambdues parts tenen raó.

L'Alamanos em truca a les deu del matí i m'anuncia el que ja m'esperava des d'ahir a la nit.

—Tenim una manifestació de protesta.

—¿On?

—A l'avinguda Akharnon, entre Sant Melétios i Agathupolis. Pel que m'han dit, s'hi ha aplegat gent de tots els rams i sectors professionals.

Com en els dos casos anteriors, vull anar a veure la situació de prop per tenir-ne una opinió de primera mà si el ministre o el director em convoquen a una reunió, convocatòria que considero segura.

M'emporto l'Askalidis i pugem al cotxe patrulla. La multitud s'ha concentrat al començament de l'avinguda Akharnon. Davant dels manifestants hi ha apostades les unitats antiavalots, que han bloquejat l'accés a l'altura d'Agathupolis.

—¿Quants mesos més ens tindran tancades les botigues els grans experts que guanyen un bon sou? —crida un dels concentrats.

—¿Quants mesos més viurem amb l'angoixa de no saber si podrem posar un plat a taula per a nosaltres i per a les nostres famílies? —afegeix un altre.

—Els nostres fills no només estan amenaçats pel virus,

sinó també per la fam. ¿No se n'han adonat, tots els que apareixen cada dia a la televisió? —crida un tercer—. I si no es moren de gana, no tindran accés a la universitat, perquè no tenim diners per a les classes particulars.

Veig un moviment entre la multitud, alguna cosa semblant a un intent de trencar el cordó policial, però els posa fre una veu femenina.

—Atureu-vos. Primer guardarem un minut de silenci en memòria d'en Meletis Rodàs, que va sacrificar la seva vida per desvetllar-nos.

Es produeix un silenci absolut que fa que els antiavalots es relaxin per uns instants. Tanmateix, sembla que durant el minut de silenci han decidit una altra cosa, perquè just quan s'acaba l'homenatge tothom s'asseu.

—Farem una asseguda de protesta —crida algú a un dels agents—. Ens asseurem tots aquí a terra, enganxats els uns als altres, i ja podeu venir a multar-nos perquè no mantindrem la distància.

—¿Per què no aneu a veure què passa als parcs i a les places, plenes de vells als bancs fumant amb les mascaretes abaixades i atacs de tos?

—I les festes il·legals, que omplen les places cada nit fins a la matinada, ¿què? ¿I resulta que us molesten les botigues obertes?

—¡Quan els multeu a ells, ens multeu a nosaltres! —crida un altre manifestant.

—Anem —li dic a l'Askalidis—. No cal que veiem el final. Ja el veurem aquesta nit a la tele.

—És cert que aquesta ha estat una manifestació de protesta com les d'abans, però de nou sense aldarulls ni enfrontaments —em diu l'Askalidis quan pugem al cotxe patrulla.

—No hi ha hagut aldarulls fins ara, però és impossible predir quan es poden tòrcer les coses —li responc.

Quan arribo al despatx, pregunto a la Stel·la si m'han trucat del Ministeri. Com que la seva resposta és negativa, decideixo no trucar-hi, tampoc. No cal avançar-me als esdeveniments. També deixo estar la meva gent. Més val que els informi l'Askalidis.

Mentre m'assec a valorar la situació, de cop recordo que em vaig oblidar de preguntar a en Zisis si coneixia en Rodàs, per això li truco de seguida.

—¿Coneixes algú anomenat Rodàs? —li pregunto després de les salutacions de rigor.

—¿Meletis Rodàs? Sí. ¿Per què?

—És el nou suïcida. Es va llevar la vida ahir.

Es produeix un silenci fins que al cap d'una estona en Zisis pregunta, com si no s'ho cregués i amb una veu amb prou feines audible:

—¿En Meletis s'ha suïcidat?

—¿El coneixies?

—Vine'm a veure i t'ho explicaré —mormola.

Pujo al meu cotxe a correcuita, no només perquè la informació és urgent sinó també perquè m'he adonat que la notícia li ha caigut com un llamp al cap.

L'Stélios m'obre espantat.

—¿Què li passa a en Lambros? —em pregunta.

Li dic que ha mort un vell amic seu sense entrar en detalls. En Zisis seu en una taula de la cantina buida de l'asil i s'agafa el cap entre les mans. S'adona de la meva presència quan m'hi assec al davant. Aixeca els ulls i em mira.

—Lamento haver-te trasbalsat. No sabia que teníeu una relació estreta —li dic—. No cal que en parlem ara. Ho podem fer en un altre moment, quan t'hagis refet.

Abaixa les mans.

—Prefereixo parlar-ne ara i desfogar-me.

—Pel que entenc, eres amic d'en Rodàs.

—Ens vam conèixer al seixanta-tres, quan va tornar de l'exili amb el Govern de la Unió de Centre de Papandreu. S'havia enrolat a l'Exèrcit Democràtic als vint-i-cinc anys i després de la derrota a la guerra civil va acabar exiliat, com tants altres, a Taixkent, on va demanar estudiar. Com que era jove, l'hi van concedir sense problema. Va aprendre rus i va estudiar matemàtiques. Quan va tornar a Grècia, ens vam trobar a la mateixa cèl·lula del partit i ens vam fer amics, tot i que en Meletis era més gran que jo. Es guanyava la vida fent classes particulars. Durant la dictadura, la nostra amistat es va enfortir perquè vam estar junts en la clandestinitat. Després de la caiguda de la junta militar, les nostres trobades van ser menys freqüents. Jo em vaig retirar a Nova Filadèlfia i en Meletis va aconseguir que li convalidessin el títol de matemàtiques que havia obtingut a fora i va començar a ensenyar matemàtiques a acadèmies privades. Des que es va retirar, gairebé no l'havia vist més.

—¿Per què vau perdre el contacte, si éreu tan íntims? —li pregunto, tot pensant que potser va ser per culpa d'alguna disputa o diferència ideològica.

—Després de tot el que has passat, la decepció fa que no vulguis veure ni tan sols els vells amics —es limita a respondre'm—. Em vaig retirar a Nova Filadèlfia i en Meletis es va dedicar en cos i ànima a l'ensenyament. —Fa una pausa i afegeix—: El meu consol és la gestió de l'asil.

No vull que llegeixi la carta d'en Rodàs perquè encara s'ensorrarà més.

—Com ja et vaig explicar, els tres suïcidis formen part d'un moviment que vol mobilitzar els afectats per les mesures de la pandèmia —li dic—. Si en Rodàs es va llevar la vida en el marc del moviment, això vol dir que hi havia mantingut contactes des de feia temps.

Es queda en silenci i s'ho rumia.

—Els únics amics seus que vaig conèixer van ser en Dimos Perkas i en Pavlos Khardakos.

—¿Saps per casualitat on viuen?

—Hi vaig coincidir un parell de cops, quan en Meletis i jo encara estàvem junts. Crec recordar que en Perkas vivia a Nea Ionia i en Khardakos a Níkea. Però no sé si encara hi viuen. Ni tan sols sé si són vius o morts.

Prefereixo acabar aquí la conversa per no torturar-lo més.

—¿Vols venir a casa aquesta nit a passar l'estona i distreure't?

En Zisis s'ho rumia una mica.

—Deixa-ho estar, no val la pena —em diu al cap d'un moment—. Us amargaré la nit. Més val que trobi alguna cosa per fer a l'asil i me n'oblidi. Vindré demà, si em trobo millor.

Vaig al seu costat i l'abraço per les espatlles.

—Vinga, Lambros, et conec i sé que tens la força per superar-ho —li dic.

Ell em mira.

—No sé què em fa més mal —em diu—, si l'amic que he perdut o veure com es buida l'espai que m'envolta. Per sort tinc l'asil. És la meva salvació —repeteix i sospira. Quan torno a Prefectura, convoco de seguida la meva gent.

—Vull que reuniu informació sobre aquestes dues persones. La primera es diu Dimos Perkas i vivia a Nea Ionia. La segona, Pavlos Khardakos i vivia a Níkea. No sé si encara hi viuen ni si encara són vius. Comenceu immediatament per les comissaries de Nea Ionia i Níkea. La investigació és urgent perquè podria portar-nos fins al cervell del moviment.

Torno a pensar que he de trucar al sotsdirector, però arribo a la conclusió que és prematur. Val més que primer avancin les investigacions, a veure fins on ens porten.

15

En Dermitzakis em ve a veure l'endemà al matí sol. La seva presència en solitari significa que no m'he de fer gaires il·lusions.

—Nea Ionia no és com abans. Ha canviat molt i ens va costar molt trobar el rastre d'en Perkas. Finalment vam comprovar que va morir fa cinc anys. També vam trobar la casa on vivia. L'han reformada i hi viu una altra família. Ara és el torn de Níkea, a veure què en traiem.

Se'n va per començar la recerca a Níkea i jo em poso en contacte amb l'Alamanos per conèixer com va acabar la manifestació d'ahir. A la nit, entre el net i les notícies, vaig triar el meu net.

—Afortunadament, no hi va haver aldarulls —em diu—. Es van limitar a fer una asseguda que es va dissoldre en silenci. Alguns van intentar trencar el cordó policial, però els altres els van retenir. Els meus homes s'hi van quedar fins al vespre. Tot estava tranquil. Ara bé, si algú tenia el virus i el va propagar, de tant a tocar els uns als altres com estaven, això ho veurem durant els propers dies.

El canal d'informació continua obert amb la trucada d'en Velidis.

—Les xarxes treuen fum amb la carta d'en Rodàs —m'informa.

—¿Què diuen?

—La majoria de les publicacions són dels seus antics estudiants i persones que el coneixien. Tot són paraules d'agraïment cap a ell, com a professor i com a persona. Hi ha un segon grup que insulten el Govern per mantenir les botigues tancades. Finalment, hi ha els de sempre, que continuen amb la cantarella que el coronavirus no existeix i que tot és una conspiració.

Em sembla que ara sí que ha arribat l'hora de no mantenir a les fosques el meu cap. Ja ha parlat amb el responsable d'Antiavalots, però sembla força més interessat en les figures d'en Perkas i d'en Khardakos.

—¿Creu que en pot sortir alguna cosa? —em pregunta.

—En Perkas és mort des de fa cinc anys. La investigació sobre en Khardakos està en marxa. De seguida que tingui la informació l'hi faré saber.

L'espera continua fins al migdia, quan em truca en Dermitzakis.

—Hem localitzat en Khardakos. És viu i en tenim l'adreça. També hem reunit alguna informació més. ¿Vol que l'interroguem?

—No. Primer vull sentir el que m'heu de dir i després decidirem com actuar.

Oscil·lo entre l'alleujament i l'angoixa. Em sento alleugerit, perquè en Khardakos és viu, i angoixat, perquè no sabem si en traurem res, de l'interrogatori, o si tornarem amb les mans buides.

L'equip arriba després de mitja hora, amb un somriure i la satisfacció pintada a la cara.

—Aquesta vegada hem tingut sort —em diu en Dermitzakis—. En Khardakos és una mena de vella glòria a Níkea la Roja. Tothom el coneix. —Es gira cap a en Dervísoglu—. Explica-l'hi tu, que ets qui se n'ha assabentat millor.

—Hem trobat un quiosquer que coneixia tota la biografia d'en Khardakos —comença en Dervísoglu—. El nostre home viu al carrer Karkavitsas, on va viure la seva joventut, excepte els períodes que va passar a l'exili, a Makrónisos, o als calabossos de la policia política durant la dictadura. Antigament hi vivia tota la família, en aquell barri. Ara el fill viu una mica més amunt, al carrer Íkaron, amb la dona i els fills. El quiosquer també ens ha parlat d'una llibreria al carrer Mesolongui. El que la va obrir, un tal Demiris, era amic d'en Khardakos. Ara és propietat del fill. Hem anat a la llibreria. El fill d'en Demiris coneixia la història d'en Khardakos pel seu pare. Ens ha explicat que, després de retornar de l'exili a Makrónisos, va desenvolupar una gran activitat política a Níkea. Va ser detingut de nou durant la dictadura. Quan els socialistes van arribar al poder, va aconseguir que li donessin una pensió com a resistent de guerra. Encara viu sol, però les relacions amb la família del fill són molt bones.

Acaba i em mira per si tinc cap pregunta o alguna cosa a comentar. No en tinc cap; bé, en realitat sí que en tinc, però no puc dir-l'hi. El seu cas és calcat al d'en Zisis.

—¿Anem a interrogar-lo? —em pregunta en Dermitzakis.

Miro l'hora que és.

—Són les cinc. Fins que arribem a casa d'en Khardakos es faran les sis. No és de rebut que quatre policies truquin a la porta d'un vell militant d'esquerres enmig de la foscor. Li desvetllarà records desagradables, es tancarà en banda i la conversa pot anar malament. Deixa'm que hi parli demà al matí.

El que li he dit és només la meitat de la veritat. L'altra és que vull saber primer l'opinió d'en Zisis, potser em dona alguna idea útil que ens ajudi quan hagi de parlar amb en Khardakos.

—Malauradament, en Perkas ens va deixar fa uns anys, però hem localitzat en Khardakos —li dic per telèfon—. ¿Tens ànims per parlar-ne aquest vespre?

—Sí, crec que m'anirà bé —respon a l'instant.

—Perfecte, vindré a buscar-te.

Espero que siguin les sis i em poso en marxa. L'he avisat i m'espera a l'entrada de l'asil. En Zisis porta la bossa de plàstic amb la roba per canviar-se.

—M'agradaria que m'orientessis sobre com afrontar la meva conversa amb en Khardakos —li dic quan ens posem en marxa.

S'ho rumia i al final em diu:

—Et suggereixo que li diguis que has sentit el seu nom i el d'en Perkas per boca dels amics d'en Rodàs.

—¿No hauria de dir-li que ho he sabut per tu?

—De cap manera —em respon alçant la veu—. Al moment pensarà que m'he convertit en col·laborador de la policia i no li trauràs res. I en cap cas li preguntis directament si és el cervell de la confabulació. Aborda el tema tangencialment i espera a veure com reacciona.

—D'acord, ja ho entenc. Gràcies.

Arribem a casa de la Katerina i en Fanis i anem directament a canviar-nos de roba. A continuació visitem l'habitació infantil. En Lambros ha posat el genet a sobre del tren i hi juga orgullós.

Em fa morir de riure. He vist pel·lícules amb la cavalleria perseguint trens, he vist cowboys perseguint-los, però un genet i el seu cavall al damunt d'un tren, és la primera vegada que ho veig.

Deixem que en Lambros gaudeixi de la seva inspiració i anem a la sala d'estar. Mentrestant, també ha arribat el meu gendre. Comencem parlant de coses banals fins que l'Adrianí serveix el *pasticcio* de macarrons al forn.

—Hi ha hagut un veritable enrenou a les xarxes socials amb el suïcidi del matemàtic —em diu la Katerina.

—Sí, era molt estimat. A més, sembla que també era molt bon professor.

—Així s'explica la reacció de protesta que ha provocat el seu suïcidi —comenta en Fanis.

—I no només això —li diu la Katerina.

—¿Què vols dir? —li pregunta l'Adrianí.

—Vaig parlar amb dos col·legues que tenen clients al sector de la restauració i hem decidit presentar una demanda conjunta per exigir més ajudes de l'Estat a la restauració, que fa mesos que està tancada i ningú sap quan obrirà.

—¿Creus que la justícia l'acceptarà a tràmit? —li pregunta en Fanis, sense amagar els seus dubtes.

—Ai, Fanis, estimat, quan la demanda es jutgi, la pandèmia s'haurà acabat —riu la Katerina—. L'objectiu és un altre.

—¿Quin? —li pregunto.

—Que es produeixi un enrenou tan gran que el Govern augmenti les ajudes per por al cost polític.

—Ben fet, Katerina. Saps on es troba el punt feble de l'oponent. Tens una ment política esmolada —li diu en Zisis amb entusiasme.

—Finalment has aconseguit fer canviar d'opinió tant la meva dona com la meva filla —li dic—. L'únic que se'n salva soc jo per raons professionals.

—I tu m'has fet canviar a mi —respon—. Així són les amistats. Si només haguéssiu canviat vosaltres, no seria un amic, sinó un guia.

16

Informo en Dermitzakis que aniré sol a parlar amb en Khardakos per evitar que sembli un interrogatori oficial, a veure si així esbrinem alguna cosa. Per la mateixa raó no vaig amb cotxe patrulla i prefereixo el meu Seat. Poso el navegador perquè la zona de Níkea on viu en Khardakos m'és totalment desconeguda.

Se suposa que fem controls, sol·licitem el permís *online* o el certificat per poder circular, en cas contrari multem els infractors. Aleshores, ¿com pot ser que els carrers estiguin plens de cotxes? És com si circulés en èpoques pretèrites, abans de la pandèmia.

Avanço a pas de tortuga cap a Sant Ioannis Redi, per arribar a General Makriannis i agafar l'avinguda de Tebes. Trigo més d'una hora a arribar a Karkavitsas, sense topar-me amb cap control policial en tot el recorregut.

En Khardakos viu en una casa de dues plantes amb les bigues del sostre d'obra vista. La casa s'ha reformat i es troba en bon estat. Truco al timbre i m'obre un vell amb barba i bastó.

—¿Sí? —em diu secament, que equival a un «¿I tu què coi vols ara?».

—Em dic Kostas Kharitos i soc comissari de policia. Volia fer-li unes preguntes sobre en Meletis Rodàs, que es va suïcidar fa uns dies —li explico.

—¿I per què em vens a veure a mi?

Els meus col·legues, quan s'adrecen a una dona sola, sempre la tutegen. El mateix passa amb els vells militants d'esquerres. Quan veuen un poli, sempre el tutegen.

—Persones que tenien relació amb en Rodàs m'han comentat que sovint parlava de dos dels seus amics: en Dimos Perkas i vostè. En Perkas va morir fa anys. Així que l'he vingut a veure per si podia donar-me alguna informació. No es tracta de cap interrogatori oficial, només vull tenir una senzilla conversa amb vostè. Per això he vingut sol —afegeixo per tranquil·litzar-lo.

S'ho pensa un moment i després em diu:

—Passa.

Em porta a una sala d'estar que sembla de l'any de la picor, amb un sofà de fusta, coixins fets a mà i reposacaps. La resta del mobiliari és una taula i cadires, tot amb coixins. M'assenyala el sofà, mentre ell s'asseu en una cadira davant meu. Em mira i espera que comenci la conversa.

—Vam reunir informació al barri on vivia en Meletis Rodàs, després del seu suïcidi. Hem descobert que era molt estimat, no només pels seus veïns i conveïns sinó també pels exalumnes de les acadèmies.

—Ho sé, tothom l'estimava —em confirma—. Però, per a nosaltres els vells, els dies que vivim són insuportables. Cap de nosaltres sap fins quan resistirà i dirà fins aquí hem arribat.

—El mateix vam pensar nosaltres quan ens en vam assabentar. Tanmateix, després vam veure la carta que va publicar a la xarxa. Aquest és el motiu de la meva visita.

Em mira.

—No esperis que jo et posi llum a la foscor. Darrerament parlàvem molt poques vegades, en Meletis i jo.

—Aquest és el tercer suïcidi. El primer va ser el d'en Dimosthenis Begleris a Egaleo. El segon, el d'en Vlasis Kortidis a Peristeri, i ara en Meletis Rodàs. Les cartes que van deixar tenen dues coses en comú. La primera, que volen revoltar la gent contra aquells que els tanquen les botigues i els arruïnen. El segon punt en comú és l'expressió amb què acaben les cartes: «visca la confabulació dels suïcides». Sobretot això últim ens va fer pensar que potser hi ha una organització de debò darrere d'aquests suïcidis.

En Khardakos esclafeix el riure.

—Au, va. Els altres dos van llegir la primera carta i la van copiar per donar sentit al seu suïcidi.

Ara jo també el tutejo.

—Això que dius seria lògic, si no fos perquè hi ha una altra cosa.

—¿Quina?

—En Rodàs va penjar ell mateix la carta a internet. En canvi les dues cartes precedents les van penjar dos joves que ens van dir que no coneixien ni en Begleris ni en Kortidis. Un d'ells fins i tot es va guardar el sobre de la carta d'en Kortidis. Vam fer un examen grafològic i vam constatar que la lletra de l'adreça del sobre era idèntica a la lletra de la carta. Per tant, algú va donar les adreces dels dos joves a en Begleris i a en Kortidis. I encara hi ha una cosa més —afegeixo després d'una pausa.

—¿De què es tracta?

—Hem descobert que els dos primers suïcides van rebre cinc trucades telefòniques, però no des de telèfons particulars sinó de cabines telefòniques de Níkea.

—¿I creus que les vaig fer jo per donar-los les adreces? —em pregunta irònicament.

—No. No sé si has estat tu, perquè no ho he investigat. Només he vingut perquè em diguis, tu que coneixies en Rodàs, si t'havia parlat per casualitat d'alguna organització, o d'alguna ment pensant, darrere dels suïcidis.

Es queda pensatiu amb el cap inclinat. Al cap de poc, l'aixeca i em mira.

—No et diré què em va dir en Meletis, ni tampoc si soc o no l'home que busques. Només et diré una cosa. En Rodàs i jo érem militants d'esquerres. Quan no érem a l'exili o als calabossos de la policia, l'únic que sabíem fer bé era mobilitzar la gent. En Begleris i en Kortidis no eren d'esquerres, eren pobres. Els pobres de la nostra època no es quedaven asseguts a lamentar la seva desgràcia. Sortien a reclamar els seus drets i un salari més digne. L'esquerra que vaig viure jo no hauria estat ni la meitat sense els pobres i els desfavorits com a companys de lluita. Avui, a l'edat a què hem arribat, pobres i esquerrans, ja no podem alçar els desfavorits ni per sortir als carrers a protestar. L'única arma que tenim és la poca vida que ens queda. Si la sacrifiquem, potser aconseguirem que s'alcin els que estan pagant la pandèmia i protestin per la injustícia que se'ls fa en nom de la seguretat. En les velles injustícies la classe política també enlairava la bandera de la seguretat, encara que parlem d'una altra de diferent.

Calla i em mira. M'ha dit exactament el que m'havia dit en Zisis, penso per dins. Un calc absolut.

En Khardakos es posa a riure de sobte.

—¿De què rius? —li pregunto.

—És la primera vegada que no ens podeu fer res —em diu triomfant—. No ens podeu estomacar, no ens podeu exiliar a una illa deserta, ni tancar-nos als calabossos de Prefectura. L'eutanàsia està prohibida a Grècia, però el suïcidi no. Com i quan posar fi a la pròpia vida és un dret individual. Ara, al llindar de la mort, per primera vegada som invulnerables. —Es recolza en el bastó i s'aixeca—. Doncs sí. Et dic que sabia que es matarien. Jo no els hi vaig empènyer, però quan ho vaig saber els vaig dir el que havien d'escriure a les cartes de comiat. ¿Què penses fer, ara? ¿Detenir-me?

No només somriuen els seus llavis, tota la cara és una rialla. Probablement és la primera vegada que provoca un policia amb la seguretat que aquest seu impotent davant d'ell.

—No et detindré, no he vingut per això. I et dono les gràcies per la informació que m'has donat.

M'aixeco i vaig cap a la sortida. En Khardakos em segueix.

—Que sàpigues que ets el primer policia amable que he conegut a la meva vida —em diu quan arribem a la porta—. Ves per on, ara, a la meva vellesa, vaig i ensopego amb un poli simpàtic.

Pujo al meu cotxe, però no arrenco de seguida. Romanc assegut per ordenar les idees. Ara no només sé que hi ha una organització, sinó també qui és el cervell que en mou els fils. El problema és que no m'ho puc quedar per a mi, també n'he d'informar els caps. L'únic risc que amaga la informació és el ministre, perquè ves a saber com reaccionarà.

Truco al sotsdirector de seguida.

—Hi ha novetats —li dic.

—¿Un altre suïcidi? —em pregunta esporuguit.

—No. Els avenços tenen a veure amb l'organització dels suïcides i cal que en parlem urgentment.

—Vingui de seguida. Mentrestant, avisaré el cap.

Em poso en marxa, però aquest cop en direcció al ministeri. El trànsit s'ha reduït una mica, però continuo sense veure cap punt de control.

El sotsdirector s'aixeca d'un salt quan em veu entrar.

—No en parlem aquí. És millor que el director ho senti de primera mà —em diu.

Seiem al voltant de la taula de reunions del director i de seguida començo a informar-los. No els amago res, excepte la meva conversa amb en Zisis. Quan acabo, es queden bocabadats i em miren.

—¿Com ha aconseguit recollir tota aquesta informació? —em pregunta sorprès el director.

—De vegades la sort hi ajuda, ja ho sap, senyor. En aquest cas la nostra sort ha estat localitzar en Khardakos, però no només això. La satisfacció del vell de veure que per primera vegada tenia al davant un agent de policia incapaç de girar-se-li en contra l'ha fet parlar. En veure que jo no feia res, s'ha anat animant cada cop més i al final m'ho ha dit tot.

—¿Podríem posar en Khardakos sota vigilància? —em pregunta el director.

—¿Com, senyor? —li pregunto—. ¿Li tallem la connexió telefònica o li punxem el telèfon? I si sentim que algú li diu que té previst suïcidar-se, ¿què fem? ¿Posarem un vigilant a cada candidat a suïcida per evitar que ho faci?

—A més, segur que a partir d'avui trobarà una altra manera de comunicar-se amb els possibles candidats —afegeix el sotsdirector—. Els vells esquerrans les han passat de tots colors i saben protegir-se. L'única solució és la que estem aplicant. Evitar la propagació de les cartes i tenir la zona del suïcida sota vigilància.

—He d'informar el ministre —diu el cap.

—Digui-li també, de passada, que tant d'anada a Níkea des de Prefectura, com de tornada, no m'he topat ni amb un trist control policial.

—¿No se n'ha trobat cap? —em pregunta el sotsdirector.

—Ni un. I els carrers estaven plens de cotxes i de gent. Ha estat com en l'època P.P.

—¿Quina és l'època P.P.? —pregunta el sotsdirector, desconcertat.

—L'època prepandèmia —li responc.

Aquí s'acaba la reunió i jo me'n torno a Prefectura. És el torn del meu equip.

17

Virus. n. m. 1. Agent infecciós submicroscòpic format per un àcid nucleic, ADN o ARN, envoltat d'una càpsida proteica i, en alguns casos, d'un embolcall lipídic, que utilitza la maquinària biosintètica de la cèl·lula hoste per multiplicar-se. *figuradament* Cosa molt nociva, verí. *El virus del racisme.* INFORMÀTICA Agent nociu que actua en un sistema informàtic i en perjudica el funcionament correcte.

També busco a la «C» a veure si, contra tota esperança, trobo la paraula «coronavirus», però no. Trobo «corona», però com una entrada separada i amb diverses accepcions, cap de les quals està relacionada amb la malaltia. Pel que sembla, a l'època del diccionari el virus encara no s'havia coronat.

Normalment, després del diluvi sol sortir el sol. En el nostre cas sembla una tranquil·la nit de lluna d'agost. Els suïcidis s'han aturat, igual que les manifestacions de protesta, nosaltres hem trobat la pau i el ministre, la serenor.

Ara bé, si els suïcidis s'han aturat perquè en Khardakos ha decidit fer un descans després de la meva visita, o perquè no ha trobat més gent disposada a sacrificar la vida que els queda, això no li importa a ningú, ni tan sols a mi. N'he tingut prou de passar els dies sense una pressió constant i als vespres he pogut gaudir de la companyia del meu net.

Ha estat com unes vacances de Pasqua, que duren quatre dies. Les nostres han durat més i s'acaben amb una trucada de bon matí. Vaig de camí a la feina quan em sona el mòbil.

—La comissaria de Santa Bàrbara ens acaba d'informar que hi ha una persona morta al carrer Nestos —em comunica la bona nova en Dermitzakis—. Segons m'ha dit el cap de la comissaria, sembla que algú l'ha colpejat amb una barra de ferro al cap i l'ha deixat sec al lloc.

—D'aquí a cinc minuts seré al meu despatx. Veniu, que ens organitzarem. Mentrestant, aviseu la Científica i el forense.

Els trobo tots esperant-me al vestíbul.

—¿Hi ha cap novetat? —els pregunto, quan entrem al despatx.

—Tot el que sabem és que un cotxe que passava ha vist la víctima i ha trucat al 112 —diu l'Askalidis.

—¿És algú del barri?

—No ho sé. Si ho fos, ens n'hauria informat el cap de la comissaria —comenta en Dervísoglu.

—Som-hi. No té sentit perdre el temps amb converses inútils —els dic.

Ens posem en marxa amb dos cotxes patrulla. Des del carrer de la Via Sacra agafem Santa Marina i des d'allí continuem cap al carrer Nestos. Els de trànsit l'han bloquejat fins a Alexandre el Gran. Parem davant del cotxe patrulla i ens rep el cap de la comissaria de Santa Bàrbara. La víctima jeu de cap per avall al bell mig del carrer, en sentit Alexandre el Gran, davant d'un casal per a gent jove. A simple vista diria que la víctima té uns cinquanta anys, aproximadament.

—¿És algú del barri? —pregunto al comandant.

—No, però malauradament les coses són pitjor del que ens pensàvem al principi.

—¿Què vol dir?

—Acompanyi'm, comissari.

Deixem enrere el casal i entrem en un bosquet. La imatge que contemplo em deixa clavat al lloc. Davant nostre hi ha una furgoneta del Ministeri de Sanitat, una d'aquelles que transporten les vacunes. La porta del darrere està oberta. Algú ha calat foc a l'interior del vehicle.

—¿S'adona del que ha passat, comissari? —em pregunta el comandant—. Els agressors han fet sortir de la furgoneta el conductor i l'han colpejat. Després han portat la furgoneta a l'arbreda i hi han calat foc per destruir les vacunes.

M'apropo a la furgoneta i miro a l'interior. Les capses s'han cremat i les vacunes que no s'han fet malbé estan escampades per terra, inservibles.

Tornem en silenci al lloc del crim. Mentrestant, ha arribat la Científica. La meva primera conversa és sobre la furgoneta del Ministeri que transportava les vacunes.

En Dimitriu deixa escapar un sospir i aixeca la mirada al cel, com si digués: «¿Què més veuran els nostres ulls?». Se'n va amb el seu equip per començar la investigació, mentre jo m'adreço novament al cap de la comissaria.

—¿Sabem a quina hora s'ha produït l'assassinat?

—Emergències ha rebut la trucada cap a les sis. Per tant, l'assassinat ha passat abans.

En Dimitriu s'acosta a nosaltres.

—La víctima es diu Iorgos Lefkas i era el conductor de la furgoneta —em diu—. Encara hi ha una cosa més. Al carrer, abans del lloc on es troba la víctima, hem detectat marques de frenada brusca. Tinc la impressió que el conductor de la furgoneta ha vist alguna cosa al carrer i ha frenat. Ha baixat per veure què era i l'han agredit. Us ho diré segur quan revisem els pneumàtics de la furgoneta.

Ens deixa i se'n va cap al bosquet. Mentrestant, arriba el forense amb l'ambulància.

—¿Un altre assassinat? —em pregunta l'Stavrópulos en lloc de dir-me bon dia.

—No et queixis. Pensa com estaries si fossis epidemiòleg —li responc.

—Ja tens raó —em confessa, i es dirigeix cap a la víctima.

M'espero per escoltar primer què m'ha de dir l'Stavrópulos, però abans envio la meva gent a fer una investigació preliminar a l'altra banda del carrer Nestos. L'Stavrópulos acaba i se m'acosta.

—L'han colpejat al cap amb una barra de ferro —em diu.

—¿Pots dir-me si la intenció de l'assassí era matar-lo o si només li volia fer perdre el coneixement i se li'n va anar la mà?

—És impossible dir-t'ho ara mateix. Potser en tindré una imatge més clara després de l'autòpsia.

—¿Per què ho pregunta, comissari? —em pregunta el comandant.

—Crec que el seu objectiu no era el conductor, sinó la furgoneta amb les vacunes —li explico—. Això era el que volien destruir. La lògica ens diu que pensaven que amb un cop farien perdre el coneixement al conductor. Però si l'autòpsia revela que el cop va ser mortal i intencionat, aleshores hauríem de considerar que les raons eren unes altres i que han cremat la furgoneta per complicar la investigació. —Al cap d'una estona canvio de tema—. M'agradaria visitar el centre de vacunació —dic al comandant.

—Cap problema. Som-hi.

Triguem només cinc minuts a arribar-hi. La directora ens rep al seu despatx, amb aire contingut, però a punt d'esclatar.

—Però ¿és possible que hi hagi monstres capaços d'assassinar per destruir vacunes? —crida finalment, indignada.

—Per desgràcia, sí —li responc, i continuo amb la pregunta que m'ha portar fins aquí—. ¿L'ha visitat recentment algú preguntant per les vacunes o pel seu flux?

La dona hi rumia una mica.

—No, però, si fos així, lògicament no hauria parlat amb mi, sinó amb la infermera de l'entrada —em respon, i afegeix—: Un segon, que crido les infermeres.

Al cap de poc entren cinc infermeres a l'oficina i els repeteixo la pregunta. Es miren entre elles i s'ho rumien.

—L'únic cas que recordo és el d'un home que va venir i va preguntar si podia vacunar el seu avi —em diu una cinquantina i continua—: Li vaig respondre que això es fa exclusivament a través de la pàgina del Ministeri de Sanitat. Després em va preguntar si les vacunes són segures, perquè havia sentit que s'havien de conservar a baixa temperatura. Li vaig dir que no es preocupés perquè tenim les instal·lacions necessàries i rebem vacunes cada dos dies. Casualment aquell dia n'havíem rebut i l'hi vaig dir.

—¿Quan va passar, això?

—Fa tres o quatre dies. No ho recordo exactament.

Per tant, a l'agressor li va ser fàcil calcular el següent lliurament.

—¿Quina edat tenia la persona que va parlar amb vostè?

—No l'hi puc dir amb certesa perquè duia mascareta. Només recordo que era grassonet.

Ens acomiadem de la directora i de les infermeres i tornem al lloc de l'assassinat. L'ambulància amb la víctima i l'Stavrópulos ja han marxat. El meu equip també ha tornat i m'està esperant.

—Pel que hem pogut esbrinar, aquests últims dies hi ha hagut gent circulant amb moto pel barri —m'informa en Dermitzakis.

—Òbviament estaven explorant la zona —comenta el comandant, i jo hi estic d'acord.

En Dimitriu és l'últim a tornar.

—A primera vista, diria que les marques de frenada provenen de la furgoneta —em diu—. En sabrem més quan l'examinem al laboratori.

—Mentrestant, tenim informació que hi havia gent pentinant la zona amb moto —li dic—. No podem descartar que li hagin barrat el pas amb les motos per forçar el conductor a sortir de la furgoneta.

Em mira pensatiu.

—No crec que hagi baixat de la furgoneta per aquest motiu. Si fos així, els hauria dit que marxessin des de dins, amb l'amenaça de trucar a la policia. Si haguessin intentat fer-lo baixar a la força, hauria bloquejat les portes del vehicle. A mi em sembla que un dels criminals s'ha estirat enmig del carrer. Quan el conductor de la furgoneta l'ha vist, ha frenat bruscament i ha baixat per veure què passava. Llavors algú altre l'ha colpejat amb la barra de ferro per darrere. Després han portat la furgoneta fins al bosquet i han cremat les vacunes.

Admeto que la seva versió és més convincent. Com que ja no tenim res més a fer, prefereixo que tornem a Prefectura per desplegar un pla d'acció. Deixem en Dimitriu que s'encarregui de la furgoneta i marxem amb els cotxes patrulla.

Quan arribo al meu despatx, en primer lloc truco al sotsdirector.

—¿Què és aquesta història sobre la furgoneta incendiada que portava vacunes? El món se'n va en orris —em diu. Li faig un informe en termes generals—. Haurà de venir aquí a informar. El ministre treu foc pels queixals.

—Primer, doni'm una mica de temps per organitzar la investigació —li responc.

Penjo i de seguida truco a la Kula.

—Vull que us poseu en contacte amb el director del centre de distribució de vacunes. Primer hi vull parlar per després traçar el nostre pla d'actuació.

Mentrestant, em poso en contacte amb en Velidis i li demano que pentini les xarxes socials per si hi troba cap informació.

—Em sembla que al final trobarem a faltar els suïcidis —comenta abans de penjar.

Després es produeix la trucada de la Kula, que em proporciona el nom i el número de telèfon del director de l'agència encarregada de distribuir les vacunes. Li truco de seguida.

—Això que ha passat és increïble —és el primer que em diu—. Des del matí que no paro de donar-hi voltes per trobar una raó que justifiqui la crema de vacunes. Paral·lelament, he iniciat una investigació interna per esbrinar d'on van treure la informació.

—No cal que perdi el temps, ja ho hem comprovat —li dic, i li trasllado la conversa amb les infermeres del centre de vacunació de Santa Bàrbara.

—¿I per què a Santa Bàrbara? —em pregunta estranyat.

—Perquè al costat del carrer Nestos hi ha un bosquet. Els va ser fàcil portar-hi la furgoneta i cremar-la. Els meus homes vindran a parlar amb el personal del seu departament. —I després d'una pausa, afegeixo—: Li he de demanar que ens doni tota la informació disponible, fins i tot allò que consideri trivial.

—No es preocupi, els farem un informe complet —m'assegura, i pengem.

Ja només em queda enviar els meus homes al centre de distribució perquè comencin a investigar, amb l'esperança que trobin alguna pista per seguir. Em disposo a relaxar-me uns minuts, però el sotsdirector m'estronca el moment de respir.

—Em sap greu insistir-hi, comissari, però ha de venir de seguida. El ministre està fora de si i ens exigeix que l'informem immediatament.

Vet aquí el mal de ser funcionari públic i, a més, dels cossos de seguretat. El teu cap creu que per damunt de tot preval la seva pròpia informació.

18

L'últim que voldria, i l'últim que necessito ara mateix, és una reunió amb un ministre esverat, però en aquests casos és impossible defugir el destí. Estic a punt d'agafar un cotxe patrulla en direcció al ministeri, però la sort se m'avança i em somriu amb una trucada del forense.

—¿Recordes que et vaig dir que no estava segur de si l'autor tenia la intenció de matar el conductor? —em pregunta l'Stavrópulos.

—Ho recordo.

—Doncs bé, he descobert que li van assestar dos cops, no un. El primer l'hi van donar a les costelles i va ser suau. Sembla que el conductor va caure, però no va perdre el coneixement. Això devia espantar l'agressor, que li va donar un segon cop al cap, aquest sí, mortal. Per tant, tenim dues hipòtesis. O bé l'assassí era inexpert i no va saber matar la víctima d'un sol cop, o bé només pretenia deixar-lo inconscient. En aquest cas, com que no ho va aconseguir a la primera, va entrar en pànic, el va colpejar més fort i el va matar.

—Gràcies. La teva informació m'arriba just quan més la necessitava —li dic.

Pujo al cotxe patrulla amb la moral una mica més alta perquè l'Stavrópulos m'acaba de donar una dada que pot resultar determinant en el curs de les investigacions.

Quan arribo al ministeri, els dos caps ja m'esperen per anar tots junts al despatx del ministre, que m'espera amb ganes.

—Vet aquí on ens han portat els suïcidis —em diu furiós—. A un assassinat i a la destrucció de vacunes.

—L'assassinat i la destrucció de les vacunes no van ser motivats pels suïcidis, senyor ministre —li responc amb calma.

—¿Es pensa que entre els botiguers no hi ha potencials assassins? —em pregunta amb ironia.

—Els suïcidis pretenien mobilitzar la gent que es veu obligada a tenir les persianes de les botigues abaixades per culpa de la pandèmia. No pretenen cremar vacunes. Al contrari, només esperen que el procés de vacunació avanci ràpid per poder obrir el comerç i la restauració al més aviat possible.

—Llavors, ¿qui creu que en podria ser el responsable?

—Encara és massa aviat per tenir sospitosos.

Abans no pugui dir res més, començo el meu informe. Li parlo dels motoristes que van fer reconeixements al lloc del delicte i la raó per la qual van escollir la zona de Santa Bàrbara. Deixo per al final la hipòtesi del forense.

—La primera impressió és que es tracta d'aficionats —concloc.

—¿Per què? —em pregunta el cap.

—Per la barra de ferro. Uns professionals haurien fet servir una arma, una pistola, o amb més probabilitat una navalla. Però, fins i tot amb una barra de ferro, haurien abatut la víctima d'un sol cop.

—No fem broma, comissari. Hi ha molta gent que hi surt guanyant, amb el confinament, i els agradaria que continués —comenta el sotsdirector.

—A partir d'ara vigili molt les declaracions que fa a la premsa —m'adverteix el ministre.

—Preferiria que la informació la facilités un portaveu del Ministeri. No vull acabar com els experts, que es passen el matí, el migdia i la nit a la pantalla del televisor.

Un cop s'acaba la reunió amb el ministre, es produeix una segona parada al despatx del director.

—El felicito, comissari. Ha exposat la situació amb molta sang freda —em diu amb satisfacció.

—Gràcies, però no els vull amagar el neguit que tinc. No sé on ens portarà aquest cas ni puc descartar nous escenaris desagradables.

A continuació arriba el torn del sotsdirector, que em pregunta:

—¿Quins són els següents passos a seguir?

—Estic esperant que els meus homes tornin de la investigació al centre de distribució de vacunes. A partir de la informació que hi obtinguin, decidirem els propers moviments i els mantindré informats.

Aquí s'acaba la segona reunió a la seu del Ministeri. Torno a Prefectura i de seguida truco a la Kula, que m'informa que l'equip no ha acabat encara la investigació. Em disposo a trucar a en Velidis per si ha descobert alguna cosa interessant a les xarxes socials, però se m'avança la Stel·la.

—Els periodistes no han parat de trucar, comissari.

—Digue'ls que la informació la facilitarà exclusivament un portaveu del Ministeri de l'Interior.

Li proposo a en Velidis que em vingui a veure al despatx per parlar-ne cara a cara. Al cap de poc apareix amb un dossier sota el braç.

—Te'l porto perquè vegis què s'ha publicat a la xarxa, però no t'esperis res de l'altre món —m'explica—. Quan un es passa el dia llegint posts, com faig jo, al final et fa la impressió que sempre escriuen el mateix, encara que un tema no tingui res a veure amb l'altre. —Fulleja les fotocòpies—.

Aquí ho tens, la meitat criden molt bé i l'altra meitat criden quina vergonya. Com sempre. —De sobte s'atura. Agafa un full i me'l passa—. Aquest és l'únic que val la pena llegir.

És un comentari breu: «Tothom pensa que les diferències són entre els sans i els que transmeten el virus. Entre els que treballen i els que tenen els comerços tancats. Ningú no pensa en els que s'estan enriquint amb la situació actual i tenen interès que continuï». Està signat per Miltos Parasidis.

—El nom em sona d'alguna cosa —diu en Velidis, quan aixeco el cap.

—I a mi —li responc, mentre em ve a la memòria de seguida—. És qui va publicar la seva carta, la d'en Vlasis Kortidis —li dic.

—Vet aquí de què em sonava.

En Velidis toca el dos i em quedo sol.

La pregunta és si en Parasidis va escriure el comentari per fer-se l'espavilat o si va llançar un dard a algú o alguns que coneix. Hauré de parlar primer amb els que el van interrogar abans de decidir si val la pena convocar-lo per a un nou interrogatori.

El meu equip apareix al cap d'aproximadament una hora.

—¿Tenim cap notícia interessant? —els pregunto només entrar al despatx.

—Tots els companys de la víctima ens han dit que mai els havia parlat de cap contacte o problemes amb desconeguts —em diu en Dervísoglu—. Hi va haver un assetjament, però a un altre conductor, el que feia la ruta de Sant Stéfanos.

—¿Quina mena de molèsties?

—Algú li va bloquejar el pas amb la moto —em diu l'Askalidis—. El conductor no va sortir, sinó que va amenaçar el motorista de trucar a la policia i immediatament va marxar.

—¿Quan va passar això?

—Abans-d'ahir.

—Primer van intentar aturar la furgoneta que anava a Sant Stéfanos i, com que no va funcionar, van aplicar un altre mètode a Santa Bàrbara —comenta en Dermitzakis.

—És possible, però no podem descartar que fessin proves abans de tirar endavant l'assalt. ¿Saps si el conductor va apuntar la matrícula de la moto? —li pregunto.

—No, no hi va donar gaire importància. Va pensar que es tractava d'algun sonat i quan es va allunyar va continuar la ruta —respon en Dervísoglu.

—¿N'heu tret res més, de la investigació?

—Només que algunes persones van intentar piratejar l'aplicació del programa de vacunes, però no se'n van sortir —em respon en Dermitzakis.

—Truqueu de seguida al responsable. Si torna a passar, que avisi la Unitat de Delictes Informàtics.

Després els faig llegir el post d'en Parasidis.

—Quan el vau interrogar, ¿us va dir alguna cosa relacionada amb el que ha escrit a Facebook? —els pregunto.

Es miren i en Dermitzakis s'arronsa d'espatlles.

—No, no ens en va dir res.

—Vull que el porteu per interrogar-lo de nou.

La reunió s'acaba, però encara queda l'epíleg d'informar el sotsdirector.

19

No vull ser desagraït. Durant el període de calma, he gaudit cada vespre del meu net, de manera que no em vull queixar per veure-me'n privat uns quants dies per necessitats del servei.

Avui és el primer dia de privació. He de tornar a casa per veure què diuen els telenotícies de l'assassinat del conductor del transport, en Iorgos Lefkas, i de la crema de vacunes.

Pitjo el comandament a distància i de seguida m'apareix un dels experts que surt a tots els informatius. Antigament, la parròquia de sempre la solies veure al bar; ara, en canvi, sempre te'ls trobes a la pantalla del televisor.

—Només el fet de destruir vacunes és suficient per restaurar la pena de mort —diu a la presentadora—. Aquests que destrueixen les vacunes tenen com a objectiu l'extermini de la meitat de la població del país. Perquè arribarem a això, sense vacunes.

—¿Creu que hi haurà nous atacs?

—No l'hi puc dir. No soc policia, només epidemiòleg. Però, si continuen, haurem de mobilitzar l'exèrcit i convertir els barracons de campanya en hospitals i UCI.

—Escoltem ara què ha de dir el representant del Ministeri sobre l'estat de les investigacions —diu la presentadora.

El representant del Ministeri diu generalitats, sense concretar res. I és lògic, perquè encara estem lluny de disposar de cap evidència tangible. En conseqüència, posa l'èmfasi en els esforços que estan fent els cossos policials. De sobte, la imatge desapareix a mig discurs.

—És evident que tenim algunes dificultats —comenta la presentadora. Sembla, però, que alguna cosa li diuen per l'auricular perquè li canvia la cara de cop—. Tenim una notícia que ens acaba d'arribar i és important —declara.

En lloc del representant, la càmera enfoca un redactor del departament d'informatius.

—No només és important, sinó molt preocupant, Niki —diu a la presentadora.

—T'escoltem, Spiros.

—En primer lloc, hem rebut una carta reivindicativa del doble delicte comès avui. Però no és només l'anunci. Segons ens informen, els autors han piratejat totes les xarxes i plataformes socials i han publicat el manifest perquè el llegeixi tot el país.

Es produeix un silenci general, mentre jo m'agafo als braços de la butaca per no posar-me dret d'un bot.

—¿Podem veure el manifest? —pregunta la presentadora.

—Ara mateix us el passo.

El redactor desapareix i en lloc seu a la pantalla apareix un text imprès.

> Aquest any celebrem el bicentenari de la Revolució Grega. La commemoració de l'aixecament del 1821 és l'ocasió adequada per declarar la Revolució del 2021.
>
> La Revolució del 1821 ens va lliurar del jou otomà. La Revolució del 2021 ens alliberarà del jou de la pandèmia i d'aquells que se l'han inventat per fer-nos esclaus i peons seus.
>
> El nostre primer objectiu són les vacunes. Les mascaretes

que ens tapen la cara i ens converteixen en robots són la primera fase. Les vacunes que ens inoculen a l'organisme, la segona. Els experts ho celebren perquè la combinació de mascareta i vacuna aportarà, diuen, immunitat de grup. El que busquen, però, és convertir-nos en un ramat d'esclaus al servei dels seus amos.

Rebutgem vacunar-nos i diem a tothom que faci el mateix, pel seu bé i pel bé de la societat. Tots els que dubten i ens acusen de ser uns venuts i uns conspiracionistes, que pensin primer en els metges i en les infermeres que es neguen a vacunar-se. ¿Creieu que no saben per què diuen no a les vacunes?

Avui hem destruït un primer lot de vacunes. Continuarem. No deixarem que un grapat de rics, que tenen polítics i científics lligats d'una corretja, ens converteixin en un ramat al seu servei.

No us poseu mascaretes. No us vacuneu.

Els combatents del 2021

Ho llegeixo i em quedo de pedra. La presentadora i el metge es posen a parlar, però no els escolto. No faig sinó pensar en la proclama i en les implicacions que tindrà per a nosaltres. Algú podria consolar-me amb l'argument que l'objectiu d'aquests suposats combatents són les vacunes, no les persones. Això vol dir que ens podem mobilitzar i no permetre el transport de vacunes sense escorta policial. Tanmateix, ¿qui ens garanteix que, si no poden atansar-se a les vacunes, no es giraran contra els polítics o els metges per sembrar el terror? L'assassinat del conductor va ser només el començament. Igual que no van dubtar a matar el conductor, tampoc no dubtaran amb altres.

Pensar en aquests autoproclamats combatents del 2021 m'ha fet perdre l'oremus per uns instants, però el mòbil em retorna a la realitat.

—¿Ha vist les notícies? —sento la veu del sotsdirector.

—Les he vist. A partir de demà no hi pot haver cap lliurament de vacunes sense escorta policial.

—Hi estic d'acord, però això queia pel seu pes. La qüestió és què fem amb l'organització del suïcides.

—L'únic que podem fer és intensificar les investigacions a partir de demà al matí. Admeto que el manifest també m'ha trasbalsat. Penso que necessitem avançar amb urgència en dues direccions. La primera, assegurar el transport de les vacunes. La segona, intensificar les investigacions, no només per descobrir l'assassí, sinó també per identificar qui s'amaga darrere dels «combatents del 2021».

—Si no estigués tan empipat, fins i tot m'hauria posat a riure —em diu.

—¿Per què?

—Perquè fins ara buscàvem el cervell de l'organització que hi hauria al darrere dels suïcides. Ara busquem els cervells dels combatents del 2021.

No s'equivoca. Mentre els polítics i els ciutadans s'encomanen a tots els sants per trobar algun cervell que ens alliberi de la pandèmia, nosaltres ens hem lliurat, al mateix moment, als rentadors de cervells. No té sentit que desperti els meus col·laboradors. Ara per ara no podem fer-hi res, de moment.

Mentrestant, s'han acabat les notícies. Apago la televisió perquè sento que s'obre la porta del carrer. L'Adrianí entra a la sala d'estar amb una carmanyola. Darrerament s'ha convertit en una norma: quan no vaig a ca la Katerina, l'Adrianí porta una carmanyola amb el menjar que ha preparat per a la família de la meva filla.

—¿Què has cuinat?

Un somriure maliciós li cobreix la cara.

—Pebrots i tomàquets farcits.

Si la providència divina no existeix, llavors l'Adrianí té una manera de predir el futur. En cas contrari, no s'explica com és capaç de preparar plats com aquest en els moments més difícils.

—Que bé, has fet exactament el que em venia de gust per sopar aquesta nit —li dic entusiasmat.

M'aixeco de la butaca i anem junts cap a la cuina. Mentre para taula m'explica les novetats referides al nostre net. Treu el formatge feta de la nevera i posa un tomàquet i un pebrot farcit a cada plat.

Comencem a menjar, però l'Adrianí s'atura després de les primeres mossegades i em mira.

—No saps que ràpid creix, el nostre net.

—¡Què m'has de dir! Cada cop que el veig em sembla que ha crescut.

L'Adrianí em continua mirant.

—La Katerina el vol portar a una guarderia l'any vinent —em diu preocupada.

—¿I quin és el problema?

—El problema soc jo. ¿Com passaré els dies sense en Lambros? —diu, a punt de plorar. Intento calmar-la.

—Tranquil·litza't, encara és aviat. De totes maneres, mentre duri la pandèmia, que en Lambros vagi a la guarderia està fora de qualsevol discussió. El primer a oposar-s'hi serà en Fanis. Ja saps com és, la nostra filla. Se li acudeix una idea, la deixa anar, després se la repensa i es fa enrere.

—Segurament tens raó —em diu ella, més calmada, i retornem als farcits.

A mi, però, esmentar en Fanis m'ha fet encendre una bombeta.

—¿En Fanis és a casa?

—Sí, ha tornat just abans que jo me n'anés.

—¿Vols dir que ja deuen dormir?

—Ni t'ho pensis. Segur que estan veient alguna pel·lícula. Cada nit segueixen al peu de la lletra els consells de la Mània.

M'aixeco i despenjo el telèfon. L'agafa el mateix Fanis.

—Demà al vespre, ¿seràs a casa o tens guàrdia? —li pregunto.

—Demà precisament plego d'hora, com el personal de servei. Acabo a les cinc.

—Llavors vindré a veure't. Vull que xerrem d'un assumpte.

—He llegit la proclama i sé què em vols preguntar. Vols que t'expliqui per què alguns metges i infermeres no estan vacunats.

—Sí, però no en parlem ara per telèfon. Prefereixo que ho fem demà. Potser m'arriba alguna informació addicional, mentrestant.

Estem d'acord i pengem. Torno a taula i continuo gaudint dels meus farcits. L'Adrianí observa el meu desfici i somriu.

20

He convocat a una reunió tots els implicats: els quatre d'Homicidis, més en Velidis de Delictes Informàtics i l'Alamanos d'Antiavalots. Com que preveig que no només avui sinó també durant els propers dies estarem en constant tensió, m'estimo més preparar un pla d'actuació conjunt per evitar tant com sigui possible les deliberacions diàries, que ens fan perdre temps.

Tots han llegit el manifest, igual que la resta del país. En Velidis fins i tot ha pogut reunir ja les primeres reaccions a internet.

—Les pots llegir més tard, si vols —em diu—. Són les rucades de sempre.

—Guarda-les —li dic a la Kula—. Tu seràs la responsable de la xarxa i estaràs en contacte permanent amb el comissari Velidis. —Després em giro cap a l'Alamanos—. ¿Has parlat amb el director? —li pregunto.

—Sí. A partir d'avui no surt ni un sol enviament de vacunes sense escorta. S'informarà per escrit totes les comissaries de l'Àtica on hi hagi centres de vacunació. Si alguna comandància no pot fer-hi front, aquell dia en concret serà substituïda per una unitat d'intervenció ràpida.

En Velidis i l'Alamanos marxen i ens quedem els cinc restants.

—Vull que torneu a Santa Bàrbara a fer una investigació més exhaustiva —els dic—. Ens interessa saber si algú va notar moviments de desconeguts a la zona abans de l'atac a la furgoneta. També, si els autors anaven en moto, com els que van fer el reconeixement de la zona. Però abans vull que algú em porti en Miltos Parasidis per interrogar-lo.

—Ja hi hem parlat i ens ha dit que vindrà avui tot sol. Donarà el seu nom a l'entrada i preguntarà per vostè, comissari. El guàrdia de baix està avisat —m'informa l'Askalidis.

—Perfecte. Ens n'ocuparem la Kula i jo. Vosaltres, vinga, aneu per feina.

Quan m'avisen de l'arribada d'en Parasidis, envio la Kula a buscar-lo perquè el condueixi a la sala d'interrogatoris. Quan hi arribo, els trobo asseguts, xerrant com si fossin coneguts. La meva entrada posa fi a la conversa. En Parasidis es manté tranquil i em saluda amb un somriure.

—L'he convocat perquè una publicació que va penjar a la xarxa ens va despertar la curiositat.

—¿A quina es refereix? Faig gairebé una publicació diària.

—Es tracta de la que va penjar després de la destrucció de les vacunes a Santa Bàrbara. La meva pregunta és si va escriure el post casualment o si en tenia cap informació. Perquè, si es basava en alguna font d'informació, a nosaltres també ens interessa conèixer-la.

Em mira mentre es rumia la resposta.

—Si no recordo malament, quan ens vam trobar per primer cop li vaig dir que feia un doctorat en Dret.

—Sí, ho recordo.

—El tema de la meva tesi és la legislació i les desviacions legals de les transaccions financeres. En els dos anys que fa que treballo en la meva tesi, he investigat i estudiat violacions de la legislació que m'han provocat des d'indignació fins a pànic. Moltes d'aquestes violacions es fan amb la tolerància o fins i tot amb la complicitat dels governs. Per això vaig fer el post. No volia que ens refugiéssim en la solució fàcil de culpar els conspiracionistes, sinó que consideréssim qui més podria amagar-se darrere de l'atac.

—¿Ha llegit el manifest? —li pregunta la Kula.

—¿Hi ha algú en aquest país que no l'hagi llegit?

—¿I què en pensa?

En Parasidis la mira amb un somriure.

—No crec que sigui el primer cop que algú s'apropia d'idees alienes per provocar, ¿oi?

—No, però els que signen el manifest diuen que estan en contra de la vacunació perquè ens faran esclaus d'unes forces invisibles —insisteix la Kula.

—Ho sé, és l'argument recurrent dels conspiracionistes —li respon en Parasidis i es gira cap a mi—. Ens vam conèixer arran de la publicació que vaig fer de la carta d'en Kortidis, ¿no és cert, comissari? El suïcidi d'en Kortidis va ser el segon. N'hi va haver un tercer, si no m'equivoco. Tres persones d'edat avançada sacrifiquen les seves vides per mobilitzar els que passen gana per culpa de la pandèmia. Ara venen els conspiracionistes i organitzen un moviment perquè les vacunes ens convertiran en un ramat al servei de forces invisibles. Els únics que no baden boca són els que s'estan enriquint amb la pandèmia. Aquests no se'ls veu enlloc perquè mouen els fils per darrere de l'escenari. Això és el que volia expressar en el meu post.

Potser té raó, però no tenim cap prova que sustenti la seva teoria. No té sentit retenir-lo més estona perquè ens embrancarem en una discussió i no tenim marge per a una inútil tertúlia de cafè.

—Molta xerrameca, però li importa un rave —és la conclusió de la Kula quan en Parasidis toca el dos.

—En Dermitzakis ha tornat i l'està esperant —m'informa la Stel·la quan pujo al meu despatx.

—Digues-li que vingui de seguida.

Al cap de poc, el trio irromp a la sala.

—Per l'empenta que porteu, dedueixo que teniu alguna novetat.

—Del porta a porta pel barri no n'hem tret res de nou —em respon en Dermitzakis.

—La informació ens ha arribat d'on no ens ho esperàvem.

—¿D'on?

—Del casal de joves situat a l'entrada de l'arbreda. El centre està tancat per la pandèmia. Els treballadors, però, hi van uns dies concrets de la setmana per comprovar que no s'hagi produït cap robatori i veure si s'hi han aixoplugat sensesostre o immigrants il·legals. I hem tingut la sort d'ensopegar amb un dels empleats. Quan li hem començat a fer preguntes, ha recordat que un company li havia parlat de tres nois que rondaven pel bosquet uns dies abans de l'atac a la furgoneta. Li hem dit que li truqués i ha vingut al casal. Ens ha explicat que dos dies abans de l'atac estava de servei i va veure tres persones amb mascareta passejant pel bosquet i xerrant entre ells. També va veure les motos aparcades. En algun moment, un dels tres es va abaixar la mascareta. L'empleat diu que devia tenir menys de cinquanta anys.

—També ens ha dit que havien de ser gent de diners perquè les motos eren molt cares —afegeix l'Askalidis.

—La imatge que has descrit encaixa com un guant amb els conspiracionistes —observo.

—Així és, excepte que els conspiracionistes no són assassins sinó més aviat xarlatans —observa en Dervísoglu.

—L'Stavrópulos sosté que la mort del conductor es va produir amb el segon cop. No el volien matar, només deixar-lo estabornit. Com que no ho van aconseguir, es van espantar i el van rematar.

—Això vol dir que ens enfrontem a aficionats —conclou en Dermitzakis i afegeix—: ¡Que Déu ens ajudi!

—¿L'empleat ha identificat les motos? —pregunto.

—No, però ens hem posat en contacte amb els de la Científica. Demà el portarem a veure si les reconeix entre els models que li ensenyin.

Estic a punt de trucar al sotsdirector per concertar una reunió, però se m'avança el director.

—El ministre té previst fer una roda de premsa —m'anuncia.

—¿Sobre quin assumpte?

—Sobre el curs de la investigació i els esforços que estan fent la totalitat dels cossos policials.

—En principi, la investigació encara no ha començat. Estem en la fase de recollida de dades. —Li faig un breu resum del que hem obtingut del casal de joves i de l'interrogatori de l'empleat que hi treballa—. Si ara anunciem el que ens ha proporcionat, adeu als autors i adeu a les motos. Això provocarà una dificultat enorme, especialment a l'hora de localitzar els vehicles. A part d'això, demà és probable que tingui informació sobre les raons per les quals part del personal mèdic i d'infermeria es nega a vacunar-se. Per tant, la roda de premsa és, al meu parer, prematura i perjudicial per al cas.

—Transmetré al ministre les seves paraules i li tornaré a trucar, comissari.

Al cap de mitja hora em truca de nou per dir-me que el ministre està d'acord a deixar-ho per demà.

Miro el rellotge. Són dos quarts de cinc. En Fanis plega a les cinc. Prefereixo anar a parlar amb ell ara, abans de l'arribada de la Katerina i dels jocs amb el meu net. Truco a l'Adrianí al mòbil. Em diu que ha tret el nen a passeig i no me'n sé avenir.

—¿Però en Fanis no et va dir que no el traguessis a passejar enmig de la pandèmia?

—Sí, però ell no és a casa tot el dia per viure l'estat de nervis del seu fill. Al final, la por al virus enviarà en Lambros a un psiquiatre infantil. Vaig parlar amb la Katerina i vam decidir que portaria en Lambros a fer una petita volta pel barri. Un quart d'hora i ja haurem tornat.

Quan falten cinc minuts per a les cinc, poso rumb cap a casa de la meva filla.

21

Mentre em trec la roba de feina i me'n poso una de neta, arriba en Fanis. L'Adrianí sap quin és el tema de la reunió i es retira amb el nen a la seva habitació. En Fanis sembla més descansat i de bon humor que altres dies. Primer espero que petonegi el seu fill i quan torna i s'asseu davant meu li pregunto:

—Després de llegir el manifest, ja et pots imaginar la pregunta que et vull fer. ¿Hi ha tants metges i infermeres que es neguen a vacunar-se perquè els facin servir de pretext aquests suposats combatents?

—Ningú en sap el nombre exacte. Però una cosa és segura, n'hi ha a tots els hospitals.

—¿I com justifiquen la negativa a vacunar-se?

En Fanis arronsa les espatlles.

—No hi ha una única excusa. Això, d'altra banda, és bo perquè evita una xarxa organitzada d'antivacunes. A partir d'aquí, cadascú té els seus arguments. Els uns et diuen que per norma general no es vacunen, ni tan sols s'han vacunat contra la grip. Els altres temen que la vacuna pugui provocar una autoimmunitat que en el futur pot causar problemes greus. Finalment, hi ha els que volen nedar i guardar la roba. Creuen que la competència entre les farmacèutiques ha escurçat les fases d'experimentació i les empreses s'han afanyat a tancar comandes sense tenir dades segures. No soc epidemiòleg, però, si m'ho preguntes, et diré que no tenim marge d'espera quan el virus s'estén a tanta velocitat. Si al final sorgeixen problemes, ja els tractarem, com passa de fet amb gairebé totes les vacunes.

—¿I què fan les administracions hospitalàries amb els que no es vacunen?

—No els poden obligar a vacunar-se i no els poden acomiadar. El responsable per prendre aquestes decisions és el Ministeri de Sanitat. Més enllà d'això, la majoria d'administracions volen evitar les mobilitzacions sindicals en la situació en què es troben els hospitals. Així s'acaben adoptant solucions intermèdies. En el nostre cas, per exemple, fent proves dia sí dia no als que no han estat vacunats. Però no són només els metges de l'hospital, sinó també els dels centres d'atenció primària.

Ha arribat l'hora de fer la pregunta crucial.

—¿Coneixes cap metge de confiança que no s'hagi vacunat amb qui pugui parlar per aconseguir informació de primera mà?

En Fanis s'ho rumia una mica.

—Conec un metge jove que fa l'especialitat amb nosaltres i que no està vacunat. Li preguntaré si vol parlar amb tu i t'ho diré.

Acabada la nostra agradable conversa, ens afanyem cap a l'habitació d'en Lambros de bon humor. Mentrestant, també ha arribat la Katerina. Quan el nen em veu, salta dels braços de sa mare i corre cap a mi. L'agafo, desbordant d'emoció, que tanmateix dura només uns segons perquè la bandeja l'interès. En Lambros m'assenyala el trenet aturat i em fa un gest perquè el posi en marxa.

—Per això corres als meus braços i no perquè em trobes a faltar, murri —li dic, mentre els altres esclaten a riure.

El baixo i m'ocupo del tren. Un cop en marxa, en Lambros s'oblida de mi i es dedica al seu joc.

—Pare, s'aprofita de tu en tota regla —em diu la Katerina.

—Amb un talent tan precoç per explotar la gent, no el veig fent de metge. Probablement serà advocat —comenta en Fanis.

—¿Per què? ¿De qui s'aprofiten, els advocats? —li pregunta la Katerina, ofesa.

—Dels forats legals.

—Per cert, una cosa... ¿Us fa res si convido l'altre Lambros a sopar? —pregunta l'Adrianí—. He fet farcellets de verdura que sé que li agraden.

—Sí, però no agafa ni el metro ni l'autobús. L'hauré d'anar a buscar. —Sense escoltar-me, truca a en Zisis—. Digues-li que el passo a recollir —li dic per anticipar-me.

Es posen d'acord i de seguida poso rumb cap a l'asil. Al capdavall, el meu net no em fa cap cas. Hi ha un trànsit que fa esfereir. Acabo pensant que potser seria més efectiu eliminar les mesures que restringeixen la circulació de vehicles. Potser així alguns es quedarien a casa.

En Zisis m'espera palplantat a la vorera amb les dues bosses de plàstic de costum. En una hi ha la roba per canviar-se i a l'altra una caixa de dolços.

—¿Has decidit portar-nos dolços?

—Sí, però el repartidor, com els diuen avui, vull ser jo en persona.

No li pregunto res més per no espatllar-li la sorpresa. Ell tampoc no diu res més i canvia de tema. Li interessa el cas de les vacunes.

—¿Creus que hi haurà altres incidents com el de l'altre dia? —em pregunta, quan l'hi acabo d'explicar.

—Em fa l'efecte que no ens n'escaparem, malgrat les mesures que hem adoptat.

Arribem a ca la meva filla i ens obre l'Adrianí. En Zisis li dona la segona bossa amb la caixa.

—¿Què és això? —s'estranya la meva dona.

—Pastes d'ametlla. *Kurabiés.* Els ha fet la Melpo. M'ha dit que, com que no us pot veure, us faria dolços per transmetre-us el seu amor.

L'Adrianí agafa la caixa.

—Ni tots els dolços del món es poden comparar amb la dolçor de la Melpo —li diu emocionada.

En Zisis va a canviar-se de roba.

—Lambros, ¿per què no deixes una muda aquí per no haver de portar-la cada cop que vinguis? —li suggereix l'Adrianí.

—Jo també ho havia pensat, però potser no teniu espai.

—¿Com vols que no hi hagi espai per a uns pantalons i una camisa? —li respon l'Adrianí—. Quan et canviïs, vine a la sala d'estar. És l'hora de sopar del nen.

En Lambros nen es cruspeix el menjar amb golafreria.

—Té una gana que em deixa sense paraules —dic impressionat.

—La mare diu que al migdia també dina de gust, però al vespre encara té més gana —m'explica la Katerina.

—La bona companyia el fa estar més alegre i tenir més gana —afegeix l'Adrianí, que arriba amb en Zisis—. La Melpo ens envia una caixa de *kurabiés* que ha fet amb les seves mans —anuncia.

—¿Per què ens ho fa això, la Melpo, oncle Lambros? —li diu la Katerina.

—¿No us agraden, els *kurabiés?* —li pregunta en Zisis, estranyat.

—No tindrem temps ni de tastar-los. Se'ls cruspirà tots en Fanis, que quan els veu perd el món de vista.

—La meva àvia feia uns *kurabiés* increïbles i ja em va

quedar des de petit —explica, i afegeix—: Avui ho farem a l'inrevés, primer els dolços i després els plats del sopar.

—¿Ho veieu? —insisteix la Katerina.

—Fanis, estimat, els *kurabiés* no s'adiuen gens amb els farcells de col amb salsa d'ou i llimona —li explica l'Adrianí plena de paciència.

—¿Has fet farcellets? —li pregunta en Zisis, entusiasmat.

—Per això t'he dit que vinguessis, perquè sé que són la teva debilitat.

De sobte la criatura es posa a plorar.

—Tens raó de protestar, camarada —li diu en Zisis—. Tu ets la coseta més dolça de la casa i nosaltres no et fem ni cas.

Ho diu tan dolçament que el meu net deixa de plorar mentre mira el seu padrí i obre la boca.

—Aquesta és l'última cullerada, no n'hi ha més —l'adverteix la Katerina.

Sembla que les paraules dolces d'en Zisis han fet efecte perquè en Lambros accepta que l'agafi en braços sense protestar. En Zisis es posa contentíssim. Al cap d'una estona l'hi passa a l'Adrianí, que me'l dona a mi per poder parar taula.

De sobte, en Fanis es treu un paper de la butxaca.

—Abans que se m'oblidi. He trucat al metge que t'he dit abans i diu que parlarà amb tu. Aquí t'he escrit el nom i el número de mòbil. Només demana, si us plau, que la conversa sigui personal i que no us trobeu a comissaria.

—No el pensava portar a comissaria. La qüestió és on ens podem trobar. Els llocs de restauració estan tancats, així que no podem anar a una cafeteria. Jo tampoc puc venir a l'hospital perquè us deixaria en evidència a tu i a ell. Necessito trobar un lloc adequat.

En Zisis em pregunta quin és el problema i l'hi explico.

—¿Per què no el portes a l'asil? —em pregunta—. La

cantina està tancada. Podeu seure i parlar-hi tant com vulgueu.

—Bona pensada, amic meu. Vet aquí la solució. Gràcies —li dic alleugerit.

Quan finalment se'ns uneix la Katerina, l'Adrianí porta el menjar i es fa el silenci. El primer que el trenca és en Zisis, tot just s'empassa l'últim mos.

—L'Adrianí té raó. Després dels farcellets, els *kurabiés* no s'hi adiuen —reconeix.

En Fanis s'hi conforma.

—Molt bé, doncs els faré els honors demà al matí amb el cafè.

La vetllada s'acaba aviat per culpa meva perquè estic esgotat.

—Jo també li hauré de fer alguna cosa, a la Melpo —diu l'Adrianí mentre anem cap a l'asil.

—¿No valdria més convidar-la a sopar una nit a casa de la Katerina perquè també pugui veure el nen? —li suggereixo—. Està bé que no vingui cada dia, per la pandèmia, però per una nit no passarà res. A més, a l'asil fan tests cada setmana.

—Tens raó. En parlaré amb la Katerina i us convidaré a sopar, a ella i a tu, Lambros.

—És millor que la convidis només a ella. Encara s'ho passarà millor —li diu en Zisis—. Nosaltres ja ens veiem sovint.

—Perfecte. Deixa'm que comprovi l'agenda de la Katerina i en Fanis, i ho organitzaré en funció dels seus horaris.

Hi estem d'acord. Deixem en Zisis a l'asil i continuem cap a casa i cap al llit que tant cobejo.

22

El metge amb qui em va posar en contacte en Fanis es diu Aris Lefkatis. Deixo que siguin les onze abans de trucar-li per telèfon i concertar-hi una trobada. En Dermitzakis m'informa que l'Askalidis porta el treballador del casal de joves fins a les dependències de la Científica, a veure si aconseguim identificar les motocicletes dels assaltants. Si tenim sort, potser ens obre una escletxa per on mirar.

Finalment, se m'esgota la paciència i truco al doctor Lefkatis abans d'hora. Després de les presentacions, li dic qui m'ha donat el seu nom i per què vull parlar-hi.

—Amb molt de gust, però ara mateix comencen les visites mèdiques a les habitacions dels malalts i he de ser-hi present —em respon. Després hi rumia una mica i em diu—: Avui acabo a les cinc. ¿Li va bé que quedem cap a les sis?

Quedem entesos i a continuació li dono l'adreça de l'asil.

Espero la trucada de la Científica, que tanmateix ignora la meva impaciència i em deixa en espera una altra hora.

—Eren quatre —m'informa finalment en Dimitriu—. El testimoni ha identificat tres de les motos: dues Suzuki i una Yamaha. La quarta no l'ha pogut identificar amb seguretat, però li fa l'efecte que era una Harley Davidson.

—¿Pots enviar-me fotos de les tres que ha identificat?

—Te les envio a l'ordinador de la Stel·la.

Quan arriben les fotos, de seguida truco a en Dermitzakis.

—Aquestes són les motos que ha reconegut l'empleat del casal. Vull que algú vagi a Santa Bàrbara i comprovi si els que van explorar el barri conduïen les mateixes motocicletes. Si fossin diferents, voldria dir que hi ha més gent implicada.

Menys de cinc minuts després, es produeix una nova trucada d'en Dermitzakis. Parlar sense parar per telèfon m'està destrossant els nervis.

—¿Cal anar-hi ara mateix, a Santa Bàrbara?

—¿Per què? ¿Passa res?

—El centre està bloquejat. Hi ha una manifestació a Síntagma. Els Antiavalots ja hi són i, pel que m'han dit, esperen aldarulls i merder.

—No cal que hi aneu de seguida. Espereu que passi la tempesta —li dic, i sense esperar més truco a l'Alamanos.

—¿Què passa a Síntagma?

—Hi ha un bon sarau. Els enfrontaments amb la nostra gent poden començar en qualsevol moment —m'explica.

—Així, perquè sí, sense motiu.

—No exactament. Un dels experts va dir ahir al vespre a les notícies que els casos no disminuiran de manera apreciable si una gran part de la població no està vacunada i s'aconsegueix la immunitat de ramat. La immunitat de ramat va ser l'espurna que va encendre el foc. Els antivacunes s'han concentrat a Síntagma i criden que no deixaran que els converteixin en ovelles i aclamen els que cremen vacunes.

—Ara vinc per veure de prop la situació.

—Soc al carrer Rigil·lis. Vine, que farem un passejadeta de bracet per Síntagma.

Li dic a en Dervísoglu que vingui amb mi i a en Dermitzakis que esperi que tornem. A l'altura d'Evanguelismós comencem a sentir els crits de protesta. L'Alamanos ens espera en un cotxe patrulla a Rigil·lis, davant de l'antic edifici de la Ràdio Televisió Grega.

Continuem cap a la plaça Síntagma a peu sense badar boca. En realitat, no hi fa res, perquè amb la cridòria que se't fica a les orelles és impossible sentir què diu la persona del costat. L'Alamanos entra als jardins del Parlament i ens porta a un punt des d'on tenim una visió panoràmica de la concentració. Hi deu haver al voltant de dues-centes persones, de tots els sexes i de totes les edats. Les forces antiavalots s'han situat davant d'ells i els barren el pas.

—No deixarem que ens convertiu en ramat —crida un grup.

—No ens convertireu ni en vaques ni en ovelles —afegeixen uns altres.

—Guerra contra les vacunes.

—¡Visca els que les van destruir!

—No volem vacunar-nos —crida una cinquantina.

—Qui sap què ens espera, a nosaltres i als nostres fills, el dia de demà —s'exclama una dona més jove.

—¡Visca els combatents del 2021! —se sent cridar una veu.

—¡Visca! —repeteix a l'uníson tota la concentració.

—He de baixar perquè m'ensumo merder —em diu l'Alamanos.

Amb el que acabo de veure en tinc de sobres i podem tornar a Prefectura. Ens dirigim on hem deixat el cotxe patrulla i hi pugem en silenci.

—La gent gran és comprensible, però hi havia gent jove, que han estudiat o que estudien. ¿Com pot ser que creguin que la vacuna els convertirà en un ramat? —em pregunta en Dervísoglu.

—Pregunta-ho als seus professors. A mi, l'únic que em

preocupa és que la manifestació i els crits a favor d'uns assassins ens poden crear encara més problemes.

Quan arribem a Prefectura, li dic a en Dervísoglu que reuneixi la resta de l'equip i deixo que els informi de la manifestació.

—Cal anar immediatament a Santa Bàrbara —els dic—. El que acabem de veure en Fotis i jo ens ha posat en alerta. Així que estiguem preparats. —Després m'adreço a la Kula—: Vull que segueixis sistemàticament les xarxes socials per si sorgeix cap nova informació sobre la manifestació d'avui.

Com si encara no hi fóssim tots, arriba la trucada del sotsdirector. Li dic que he baixat a la manifestació per veure-la en primera persona. Després li transmeto la meva preocupació.

—Per experiència sé que normalment el suport a actes delictius no acaba mai bé.

—Transmetré el que m'has dit al director. Espero que el ministre no tingui de nou el desig de convocar una roda de premsa.

—El més lògic seria que la roda de premsa la fes el ministre de Sanitat, que és l'òrgan competent per donar respostes sobre vacunes.

—Té raó, comissari. L'hi comentaré al director perquè ho tingui en compte —m'assegura, i espero que segueixi el meu consell.

Miro el rellotge. Són les quatre. No tinc temps d'esperar que tornin els meus homes. D'aquí a dues hores he quedat amb el doctor Lefkatis. Decideixo sortir amb temps per veure una estona en Zisis.

Ens ha preparat una taula a la cantina amb una gerra d'aigua i dos gots.

—També us podem fer cafè —em diu, per completar la invitació.

En Lefkatis arriba poc després de les sis. En Zisis ens pregunta si volem cafè. Al metge ja li va bé l'aigua, però jo li demano el meu cafè de rigor. Anem a la cantina i esperem que em portin la beguda per encetar la conversa.

En Lefkatis mira al voltant.

—El doctor Uzunidis m'ha dit que això és un asil per a persones sense sostre.

—Sí, és un centre d'acollida per a indigents que manté el municipi. Qui ens ha acollit n'és el responsable. No s'ha de preocupar. Els residents fan tests cada setmana i tots gaudeixen de bona salut —el tranquil·litzo, i vaig directament al gra—: ¿Em pot explicar per què no es vol vacunar?

Em mira amb un somriure.

—No crec que el meu col·lega li hagi dit que pertanyo al grup dels que neguen el coronavirus.

—No. Només m'ha dit que es nega a vacunar-se.

—La raó per la qual m'hi he negat fins ara és una de sola, comissari. Totes les vacunes fan front al virus i a algunes de les seves mutacions. Les empreses farmacèutiques asseguren que no causen efectes secundaris immediats greus. Però, ¿què passa amb els efectes secundaris que poden causar a la llarga? Això ningú no ho pot garantir perquè no s'han fet prou assajos ni estudis. I amb raó, perquè si els haguessin fet la producció de vacunes s'hauria endarrerit i el virus continuaria cobrant-se vides. Entenc que la gent gran s'hagi de vacunar, per protegir-se i passar la resta de vida que els quedi tranquils. El problema és per a la gent de la meva edat o fins i tot deu anys més gran. Ningú ens garanteix que d'aquí a uns anys no ens enfrontem a greus conseqüències per culpa dels efectes secundaris, fins ara desconeguts, de les vacunes. Per això vaig decidir seguir escrupolosament totes les mesures de precaució fins que es trobi un medicament contra el virus. Prefereixo la teràpia farmacològica, si no hi ha més remei, perquè es fa de manera gradual i amb dosis, i els efectes secundaris es poden atacar directament. Per això no m'he vacunat. Aquestes mateixes pors les comparteixen molts altres metges i infermeres.

—¿Per casualitat s'ha reunit o ha parlat amb persones que diuen que el coronavirus no existeix?

El metge es posa a riure.

—Sí, igual que amb els que diuen que això de la vacuna és aigua ensucrada amb un xip a dins perquè forces invisibles ens manipulin. Quan sento dir coses així, m'aixeco i me'n vaig. Quan veus tot el dia pacients intubats que lluiten per les seves vides, no et queden ganes d'escoltar bestieses així.

—Segurament deu saber que van cremar una furgoneta que transportava vacunes i que en van matar el conductor.

—Ho vaig sentir a la premsa i vaig llegir el manifest. Això és un delicte i recau dins de la seva jurisdicció, comissari. Potser tinc les meves reserves respecte a la vacunació, però això no significa que alguns tinguin el dret d'impedir que qui es vulgui vacunar, ho faci, i encara menys matant i exercint la violència.

—Si per casualitat parla amb algun conspiracionista, m'agradaria que es posés en contacte amb mi. El seu punt de vista ens pot ajudar.

—Estarem en contacte a través del doctor Uzunidis —em diu, i s'aixeca.

Mentre ens acomiadem, penso que l'única cosa que he après és per què alguns metges i infermeres es neguen a vacunar-se. El que també és segur és que cap d'aquestes raons no tenen res a veure amb les teories de la conspiració.

Li proposo a en Zisis que vingui a sopar amb mi, però declina la invitació.

—No està bé que jo surti cada vespre per veure-us, quan

aquí hi ha qui fa dies que no treu el nas de l'asil —m'explica.

De manera que em poso en marxa en solitari cap a ca la Katerina. Una mica de net m'anirà bé. Em dona la benvinguda en braços de l'àvia, com sempre. Em canvio de roba a correcuita, vaig a la seva habitació i ens posem a jugar fins a l'hora que arriba en Fanis. El pare gaudeix del seu fill primer i després passem a la sala d'estar perquè li interessa saber com ha anat la trobada amb en Lefkatis.

—M'ha fet molt bona impressió —li dic—. Per descomptat, no té res a veure amb els conspiracionistes. No m'ha donat cap informació important per a la investigació, però ara almenys sé per què una part dels metges es neguen a vacunar-se. Hem acordat mantenir el contacte a través teu i si té noves informacions ens trobarem per parlar-ne.

—És seriós i intel·ligent —em confirma en Fanis, content que la trobada hagi anat bé—. Si apareix res que consideri interessant, t'ho transmetrà, sens dubte.

La Katerina arriba l'última. Tenia una cita amb un client i ha fet tard. A partir d'aquest moment, la vetllada continua el seu curs habitual amb el menjar del nen i després el nostre. A mesura que avança l'hora, les ombres del dia se m'esborren de la ment i em relaxo.

23

En Dermitzakis apareix a primera hora del matí.

—No és fàcil fer comprovacions amb els bars i els restaurants tancats —m'explica per anar fent boca—. La restauració és la principal font d'informació d'un policia. Com si no n'hi hagués prou, la resta de botigues d'altres sectors també estan tancades, excepte els establiments de menjar per emportar i els quioscos. Finalment, de local en local i de quiosc en quiosc, hem aconseguit treure'n l'entrellat. Sembla que els que van anar a reconèixer el barri conduïen les mateixes motos, comissari. Dic «sembla» perquè ningú ha identificat tots els vehicles. Els uns recorden haver-ne vist una i els altres una altra. El que és segur és que la majoria ha reconegut alguna de les motos implicades.

—O sigui que podem estar bastant segurs que els que van anar a explorar la zona són els mateixos que van matar el conductor i van cremar les vacunes.

—A mi també em fa aquesta impressió —em confirma en Dermitzakis.

La trucada d'en Dervísoglu interromp la conversa.

—Ens han avisat de la comissaria de Melisia. Ahir va passar una història estranya que cal que sàpiga.

—Vine a explicar-me-la en persona —li responc. No sé si és una coincidència o un joc del destí, però en aquest cas cada nou embolic comença amb una trucada telefònica d'algun departament de policia d'Atenes.

En Dervísoglu arriba al cap de poc.

—Ahir al vespre hi va haver un accident al carrer Rota, a Melisia. Algú va baixar del cotxe per anar a casa seva. Al lloc on va aparcar hi ha un edifici en construcció. Mentre tancava el cotxe, de dalt de l'obra li va caure un bloc de formigó que li va impactar al cap. Quan el van traslladar a l'hospital ja era mort. La primera impressió va ser que el bloc de ciment s'havia desprès de l'ampit del terrat. La policia va avisar els propietaris de l'edifici i a primera hora del matí s'hi han presentat amb un enginyer. L'enginyer ha fet pujar els policies al terrat i allà han comprovat que cap bloc de formigó s'havia desprès de l'estructura. Llavors l'aparellador els ha mostrat els blocs de formigó destinats a la finalització de la balustrada, al centre del terrat. Els agents del departament de Melisia creuen que no va ser un accident sinó un assassinat premeditat. Algú va apropar un bloc de formigó a l'ampit de l'edifici i el va llançar al cap de la víctima quan tancava el cotxe.

—¿Sabem qui és la víctima? —pregunto a en Dervísoglu.

—Aquí és on comencen les complicacions —em respon—. La víctima era l'Stathis Dimakis, metge epidemiòleg.

No és un bloc de formigó que em cau al cap, sinó un llamp.

—¿Sabem a quin hospital el van traslladar?

—Sí, al de Marusi.

—Truqueu ara mateix al forense perquè el traslladi per fer-li l'autòpsia sense pèrdua de temps. Aviseu també la Científica. Ens posem en marxa ja.

En Dervísoglu informa la comissaria de Melisia perquè ens esperin al lloc dels fets i a continuació sortim amb dos cotxes patrulla. Creuem Kifisiàs i des de Marusi entrem al barri de Melisia.

El carrer Rota és paral·lel a l'avinguda Kifisiàs. El cotxe patrulla ens espera en un punt a meitat del carrer, davant de l'edifici, que és un bloc en construcció de tres pisos. Ens rep el comandant de la comissaria.

—Comencem pel lloc on va perdre la vida en Dimakis —li dic.

Ens ensenya un Peugeot aparcat davant de l'edifici. L'indret està acordonat amb cinta vermella. Al costat de la porta del conductor encara es pot veure un bassal de sang.

—Aquí és on el va colpejar el bloc de formigó —ens explica el comandant.

Miro cap amunt. L'ampit a mig acabar de l'edifici tot just arriba a la cintura d'una persona d'estatura normal. Des d'aquest punt elevat es pot deixar caure fàcilment un bloc de ciment.

—Anem a veure també el terrat —li dic al comandant.

—El senyor Nikos ens hi portarà —em respon, mentre m'assenyala un home d'uns cinquanta anys dret una mica més enrere, a la vorera. Se'm presenta com l'aparellador de l'obra.

Mentrestant, ha arribat la Científica. Demano a en Dimitriu que s'uneixi al grup. Pugem les escales i l'aparellador de seguida ens porta a l'indret del terrat on hi ha amuntegats els blocs de formigó.

—Ara anem a la balustrada —ens diu.

Ens acostem al lloc on hi la barana.

—Com poden veure, no hi ha ni una sola llosa desenganxada. L'única explicació és que algú va transportar el bloc de ciment fins aquí i el va deixar caure.

Fem la volta a l'ampit. No trobem ni un sol punt on falti un bloc. Li dic a en Dimitriu que examini el terrat, a veure si poden trobar petjades des del punt on hi ha els blocs de formigó fins al lloc on es va fer el llançament.

Deixem la resta de la recerca en mans de la gent de la Científica i tornem a baixar al carrer. No val la pena perdre el temps regirant el cotxe. Ja ho farà la gent d'en Dimitriu.

—Tinc una altra cosa per a vostè, comissari —em diu el cap de la comissaria de Melisia. Va fins al cotxe patrulla i torna amb una cartera.

—Hem trobat això al costat del cotxe d'en Dimakis.

L'obro de seguida. Els meus homes s'han reunit al meu voltant i em segueixen amb atenció. La cartera no conté ni diners ni targetes de crèdit ni carnet d'identitat. Algú l'ha omplert de papers i cartrons perquè sembli plena.

—Aquí tenim el segon esquer —comenta en Dermitzakis—. El primer va ser l'home estirat al carrer que va fer sortir el conductor de la furgoneta. Aquí es tracta d'una cartera plena que el metge es va ajupir per collir de terra. Mentre n'escorcollava el contingut i tancava el cotxe, els assassins van tenir temps per llançar-li el bloc de formigó i matar-lo.

—O bé la tenia a la mà, quan el bloc li va caure al cap, i li va relliscar de les mans mentre es desplomava, o ja l'havia llençat a terra en veure que estava buida —afegeix l'Askalidis.

Pugem als cotxes patrulla i agafem el camí de tornada. Ara mateix no té sentit fer escorcolls ni interrogar la gent del barri. És preferible començar la investigació per l'hospital on treballava en Dimakis. Un cop reunim les primeres dades, decidirem com procedir.

Quan arribo a l'oficina, truco de seguida a l'Stavrópulos per saber si ha descobert alguna cosa més amb l'autòpsia. M'assegura que la causa de la mort va ser el que era evident a simple vista, l'impacte del bloc. No hi ha més indicis.

—¿Saps qui era en Dimakis? —em pregunta abans que pengem.

—Pel que ens han informat, era metge epidemiòleg.

—Sí, és clar. Però també era una altra cosa. Era qui sostenia que la pandèmia remetria quan s'aconseguís la immunitat de ramat gràcies a les vacunes.

—¿Saps per casualitat a quin hospital treballava?

—Sí, al de l'Àtica.

Ara entenc el mòbil del crim i se m'aclareixen les idees. El van matar precisament perquè parlava d'immunitat de ramat. Primer hi va haver la concentració de protesta i tot seguit l'assassinat d'en Dimakis.

Despenjo el telèfon per parlar amb el sotsdirector. Primer li faig un breu resum de la situació i tot seguit continuo:

—El director ha de parlar immediatament amb el ministre. És urgent informar el ministre de Sanitat. Ara mateix és important que els metges que acostumen a parlar d'immunitat de ramat, sobretot als mitjans de comunicació, deixin de fer-ho, de moment. Altrament correm el risc de tenir més víctimes. També cal tenir identificats els que ja n'han parlat i avisar-los perquè estiguin a l'aguait.

—L'hi faré saber de seguida —em diu.

La propera parada és l'hospital de l'Àtica. M'emporto en Dervísoglu i la Kula, a qui assigno l'interrogatori de les infermeres. En Dervísoglu té una missió diferent.

El conductor del cotxe patrulla posa la sirena i pitja l'accelerador. Arribem a l'hospital en un tres i no res. Ensenyem les credencials a l'entrada i demanem pel director.

Un home d'uns cinquanta anys amb aire afligit ens rep al seu despatx. Sembla que hi havia gent impacient per sortir a la petita pantalla perquè han avisat les cadenes de televisió i ara l'assassinat d'en Dimakis ja circula pels mitjans com a notícia d'última hora.

—¿Sap si en Dimakis parlava sovint de la immunitat de ramat? —és la primera pregunta que li faig.

—Sí, aquesta era la seva teoria i no admetia cap opinió

contrària. Fins i tot afirmava que la vacunació no s'hauria de fer per raons d'edat, sinó per raons de zona. Tota la gent d'un mateix districte s'hauria de vacunar amb independència de l'edat per poder controlar com es desenvolupa la immunitat de grup a cada zona afectada. Aquesta teoria la defensava tant a l'hospital com als mitjans de comunicació.

—¿Parlava sovint als mitjans?

—Gairebé cada dos dies, però no era pas l'únic —em respon el director—. Tant als programes del matí i del migdia com als de la tarda, sempre hi ha metges que surten i donen la seva opinió. No hi fa res si sovint es contradiuen els uns als altres. La qüestió és opinar. —Fa una pausa i em mira—. ¿Creu que el van matar perquè defensava la immunitat de grup?

—Encara és massa aviat per dir-ho amb certesa, però els indicis ens porten en aquesta direcció. El primer, i el més preocupant, va ser una concentració de protesta organitzada després de les declaracions d'en Dimakis. A banda d'això, però, hi ha elements comuns entre l'assassinat del conductor que transportava les vacunes i l'assassinat d'en Dimakis. —Callo un instant abans de fer-li la pregunta següent—: ¿Hi ha a l'hospital personal mèdic i d'infermeria que no hagi volgut vacunar-se?

—Com a tots els centres sanitaris —em respon sense dubtar.

—¿Podríem parlar amb alguns d'ells?

Aquest cop la pregunta el fa dubtar.

—Espero que entenguin que no els puc dir qui són. Primer, perquè aquesta informació és confidencial. En segon lloc, perquè soc el director de l'hospital i es pensaran que els assenyalo com a sospitosos.

—Però els podria incloure a la llista del personal que volem interrogar, ¿no? Només traurem la qüestió si ells mateixos admeten que no s'han volgut vacunar —li suggereix en Dervísoglu.

—No hi tinc cap objecció, a això.

Truca i organitza la reunió. Dona els noms dels metges que vol que hi assisteixin.

—També volem parlar amb algunes infermeres —li dic al director.

—Faré que parlin amb les infermeres de la unitat de què en Dimakis era el director.

Envio la Kula a parlar-hi i ens quedem a soles amb el director.

—Aquesta desfilada constant de metges i experts pels canals de televisió s'hauria d'acabar —em diu—. Només hi haurien d'aparèixer els membres del comitè científic nomenat pel Govern i, a més, que tots diguessin el mateix, seguint la línia d'actuació acordada. En cas contrari, no fem sinó estendre la confusió entre la gent, que no sap a qui fer cas.

Podria dir-li que això també és perillós, especialment quan es tracta de declaracions sobre la gent considerada com un ramat, però m'estimo més no precipitar-me i mantinc la boca tancada.

Com que veu que no li responc, el director es concentra en els seus papers. Afortunadament, el retorn de la Kula posa fi a la incòmoda situació.

—¿N'ha tret res útil? —li pregunta el director.

—Crec que poca cosa, només informació general, però això ho ha de valorar el meu superior aquí present —li respon la Kula.

A en Dervísoglu li fa la mateixa pregunta.

—Només un metge ha admès per iniciativa pròpia que no s'ha volgut vacunar —li respon—. M'ha dit que està d'acord amb la teoria de la immunitat de grup i per això considera imprescindible la vacunació. Però creu que la immunitat de ramat serà més eficaç amb l'administració de fàrmacs.

El director vol dir alguna cosa, però s'ho repensa i roman en silenci. Aquí s'acaba la nostra visita. Li agraïm la cooperació i toquem el dos.

—¿És cert el que has dit al director? ¿Només un metge ha admès que no estava vacunat? —pregunto a en Dervísoglu quan pugem al cotxe patrulla.

—Sí. Exactament amb aquestes paraules, comissari.

—¿Tu tampoc has tret cap informació rellevant? —pregunto a la Kula.

—Sí, però no ho he volgut comentar davant del director —em respon.

—¿Què has sabut? Digues.

—Que en Dimakis no queia bé entre el personal d'infermeria. Tractava tothom amb molta arrogància i no acceptava l'opinió de ningú. «No és casualitat que cregués tant en la teoria del ramat. L'havia provat primer amb nosaltres. Ens havia convertit en el seu ramat», m'ha dit una infermera.

La visita a l'hospital no ens ha fet més savis. L'únic que hem aclarit és el caràcter d'en Dimakis.

24

Estic segur que aviat apareixerà un nou manifest. Preferiria llegir-lo sol a casa, com sempre. Aquesta vegada, però, em veig obligat a fer una excepció perquè també vull escoltar l'opinió d'en Fanis. Així que ara vaig cap a casa de la meva filla, amb l'esperança de llegir la proclama en un ambient estrictament familiar, com se sol dir. Arribo aviat per tenir temps d'estar amb el meu net fins que arribi l'hora de les notícies del vespre. En Lambros està de mal humor. De tant en tant crida i es posa a plorar i no em deixa agafar-lo en braços.

—¿Què li passa? —pregunto a l'Adrianí preocupat.

—Està nerviós. Els casos de contagi augmenten cada dia, fins i tot hi ha nadons intubats, de manera que la Katerina i jo hem acordat posar el punt final a les passejades. Estar tancat a casa tot el dia el posa nerviós i plora per qualsevol cosa.

Dono corda al trenet que tant li agrada, però no hi para atenció. El segon intent és amb el cavall de tela i el genet que li va portar en Zisis. El poso dalt del tren perquè recordo que li agradava, però la criatura comença a donar cops de peu i esclata en crits histèrics.

—Deixa'l estar, no t'hi escarrassis —em diu l'Adrianí. Al costat té un plat amb els dolços que ens va enviar la Melpo.

En talla un i en dona un tros a en Lambros. El nen comença a mastegar-lo i es calma. L'Adrianí riu.

—El dolç l'endolceix —és la seva conclusió.

La Katerina entra a l'habitació, veu el fill amb un *kurabiés* a la boca i es queda astorada.

—Mama, ¿li estàs donant dolços?

—No t'ho agafis a la valenta, filla, que no patirà obesitat per dos trossos de *kurabiés* —la tranquil·litza l'Adrianí, que li explica la tensió que pateix la criatura per culpa del confinament.

La Katerina accepta les explicacions, però l'adverteix:

—D'acord, però que no ho vegi en Fanis perquè el veig capaç de seure i menjar-se els *kurabiés* amb el seu fill.

Deixo el meu net amb la mare i l'àvia i me'n vaig a la sala d'estar. He arribat al límit i ja no puc controlar la impaciència per veure el telenotícies. Miro el rellotge. Falta mitja hora perquè comenci l'emissió, però en Fanis encara no ha fet acte de presència. Finalment arriba cinc minuts abans que comencin les notícies.

Tal com preveia, la reivindicació de l'assassinat apareix en primera plana.

—¿Com ha arribat el manifest a la nostra cadena? —pregunta la presentadora al col·lega del departament d'informatius.

—Per ser exactes, no ens l'han enviat a nosaltres. Han col·lapsat les xarxes penjant-lo a tot arreu, igual que amb l'anterior —li respon el periodista.

—Llegim primer la carta i després en parlem —proposa la presentadora.

A continuació apareix l'escrit a la pantalla.

Ahir al vespre vam executar l'epidemiòleg Stathis Dimakis. Era el càstig que es mereixia.

En Dimakis era el propagandista de la immunitat de ramat. Argumentava que les vacunes no s'havien de posar en funció de les edats sinó que calia vacunar tots els habitants d'un districte per crear grups immunes. Aquests grups passarien a formar part d'un enorme ramat col·lectiu quan tota la població hagués estat vacunada. Havia rebut aquestes ordres dels seus desconeguts i invisibles caps, que volen convertir-nos en un ramat mundial d'esclaus al servei dels seus interessos.

Això és un avís per a tots els que tenen al cap l'estratègia d'en Dimakis. Cap d'ells no se'n lliurarà i destruirem tantes vacunes com puguem.

També avisem els polítics. No us penseu que teniu immunitat política. Atureu les vacunes perquè l'únic ramat que creareu serà el ramat dels morts, amb vosaltres al capdavant.

El nostre últim avís és als ciutadans. Deixeu de vacunar-vos. Us estan mentint. No us tornareu invulnerables amb la vacuna, us convertireu en esclaus.

Els combatents del 2021

La presentadora i el periodista reprenen la conversa, però ni en Fanis ni jo estem d'humor per escoltar les opinions i les anàlisis posteriors.

—¿Però que no hi toquen? ¿Es pensen que ens convertirem en un ramat obedient? —es pregunta l'Adrianí—. No ho vam fer en temps dels nazis, ni durant la guerra civil i els terribles anys que van venir ¿i ho farem ara?

—¿Quina mena d'home era aquest Dimakis? —pregunto a en Fanis perquè m'interessa saber la seva opinió.

—Era un científic extraordinari, però un home antipàtic i insofrible. Volia que tothom fes el que ell deia sense discutir. Si algun metge de l'hospital tenia una opinió diferent, el ridiculitzava i el tractava d'inútil. Molts dels seus col·legues no el suportaven i van demanar el trasllat. Però com a epidemiòleg era el millor. —S'atura i em mira—. Avui hem rebut una circular del Ministeri que recomana evitar declaracions públiques sobre la immunitat de ramat. També insta els que n'han parlat en algun moment a vigilar i a anar amb compte. ¿La nota del Ministeri és cosa vostra?

—No vam parlar d'una nota oficial, només vam suggerir al Ministeri que, tal com està la situació, a partir d'ara seria bo evitar declaracions públiques sobre la immunitat de grup i que els que ja n'han parlat vagin amb compte. —No em puc creure que, si més no aquesta vegada, el ministre hagi seguit les nostres recomanacions.

—¿Hi ha punts en comú en els dos assassinats? —em pregunta la Katerina.

—Un punt en comú és que en ambdós casos van utilitzar un esquer per distreure la víctima. L'altre és que tots dos assassinats són obra d'aficionats.

—¿Per què ho dius, això? —em pregunta encuriosida.

—Perquè no van fer servir cap arma. Ni una pistola ni un ganivet. En el primer assassinat l'arma del crim va ser una barra de ferro i en el segon, un bloc de formigó. Això vol dir que fan servir el que tenen a mà en el moment de l'assassinat.

De sobte en Lambros esclata a plorar.

—Com que no li fem cas, es queixa, pobrissó —diu l'Adrianí. La Katerina s'aixeca, però l'Adrianí l'atura.

—Deixa'm fer a mi, que el posaré a dormir. No interrompis la conversa que t'interessa.

Agafa la criatura en braços i el bressola perquè s'adormi. La Katerina continua parlant quan sa mare se'n va amb el nen.

—No només són aficionats, també tenen una bona formació —em diu.

—¿Què t'ho fa pensar, això? —li pregunta en Fanis.

—El fet que han piratejat dues vegades les xarxes per penjar les seves reivindicacions —respon—. Fan servir internet i les plataformes com si res, i això no es fa sense estudis. Probablement són joves i, sens dubte, amb una bona formació.

—¿Per què dius que han de ser joves? —li pregunto astorat.

—Perquè normalment els joves fan servir les xarxes socials com si fos la cosa més normal —m'explica en Fanis, mentre m'enfado amb mi mateix per no haver parlat de l'assumpte ni amb la Kula ni amb en Velidis.

Avui s'han invertit els papers perquè és la Katerina qui s'aixeca per parar taula, mentre sa mare és amb el nen. Quan l'Adrianí torna, la taula ja és a punt. Avui som estrictament la família i l'Adrianí ha fet espaguetis amb carn picada i amanida de tomàquet amb cogombres i ceba.

—La Katerina està molt ben informada sobre els joves d'avui dia —li dic a l'Adrianí quan tornem a casa.

—Està preocupada pel seu fill, per això.

—¿Pel seu fill? ¿Què hi té a veure, en Lambros? —dic amb sorpresa.

—Veu que a molts joves només els interessa internet i el mòbil i es desespera. Té por que en Lambros, quan sigui gran, només s'interessi per aquestes coses i no li importi res més. En Fanis ho veu diferent.

—¿Com vols dir?

—Segons ell, si estudia per ser metge, la relació diària amb el patiment humà el convertirà en una persona diferent.

No tinc res a dir i em refugio en l'evasiva característica del funcionari.

—Quan arribi el moment, ja ho veurem. Encara és aviat.

Aquesta és la nostra darrera conversa, abans d'agafar el son.

25

Sembla que el sotsdirector sap exactament a quina hora exacta arribo al despatx als matins perquè encara no hi he entrat amb el cafè i el croissant a les mans que ja sona el telèfon.

—Estic segur que soc el primer que li truca, aquest matí.

—Sí, i les trucades de bon matí normalment no auguren res de bo —li responc.

—Hauria de passar pel ministeri per a la roda de premsa.

—¿Roda de premsa? —repeteixo, com si no ho hagués entès bé.

—Exacte. El ministre ha decidit que el director, jo i vostè com a responsable de les investigacions hem de fer una roda de premsa. Ell en persona donarà la benvinguda als periodistes i després se n'anirà.

—¿A quina hora és?

—A les onze, però potser hauria de venir abans per posar-nos d'acord sobre què dir als periodistes.

Acordem trobar-nos al ministeri d'aquí a una hora. No em sembla que sigui el moment oportú per a una roda de premsa. Crec que és impossible adreçar-se als periodistes sense donar-los cap informació rellevant sobre el cas i considero prematur treure a la llum les dades que tenim. D'altra banda, també entenc el ministre. Si continuem donant una informació general i inconcreta, acusaran el Govern de voler mantenir la ciutadania a les fosques. A més, cada periodista començarà a escriure la història com li passi pel cap i serà un campi qui pugui.

Abans de marxar, em poso en contacte amb en Dermitzakis i li dono instruccions perquè investigui l'escena del crim. Ens interessa saber si algú va veure motocicletes a la zona abans dels fets i si les poden identificar. La segona cosa que vull que pregunti és si algun veí va veure algun desconegut o hi va parlar abans de l'assassinat d'en Dimakis.

Em poso en marxa amb un cotxe patrulla per evitar retards. Ràpidament arribo a la seu ministerial. L'agent de l'entrada em diu que vagi directament al despatx del director.

Trobo el duet que m'espera. El director em pregunta si vull cafè. Esperem que ens els portin abans de començar a discutir les declaracions que farem davant la premsa.

—El ministre creu que l'assassinat d'en Dimakis farà augmentar, i molt, la pressió del Govern —comenta el director—. Espera que la roda de premsa ens doni un respir per poder continuar la investigació sense que els periodistes ens persegueixin com mosques.

—Hi estic d'acord, però la pregunta és què els podem revelar —es pregunta el sotsdirector, que es gira cap a mi i em mira.

—La major part del que els direm ja apareix en els dos manifests —li explico—. De tot el que sabem fins ara, però, en principi cal evitar qualsevol referència a la identificació de les motocicletes implicades en els delictes. Tampoc podem parlar dels esquers utilitzats pels autors materials en els dos assassinats. Com a molt podem comentar que al costat del cos d'en Dimakis es va trobar una cartera buida, però en cap cas que en l'assassinat del conductor de la furgoneta l'esquer era humà.

Des de l'oficina del ministre informen al director que els

periodistes ja han arribat i anem a la sala de premsa. Davant meu veig les cares de sempre: la periodista de les mitges roses, el jove de la samarreta, en Merikas i la noia alta i esprimatxada. Estan preparats per cosir-nos a preguntes, però el director els atura.

—Primer hem d'esperar el ministre —els comunica.

Es fa el silenci fins que apareix el ministre.

—Els hem convocat per facilitar a la premsa una informació detallada del cas a partir de les dades de què disposem —els diu—. Ens hauria agradat informar-los abans, però fins ara no havíem reunit informació rellevant. El director general de la Policia, el sotsdirector i el cap de la Prefectura de l'Àtica i responsable de la investigació respondran les seves preguntes.

Encara no ha sortit de la sala que ja ens comencen a ploure les preguntes.

—Si us plau, les preguntes d'una en una, que les puguem sentir i respondre —els diu el sotsdirector.

—¿Creuen que els autors dels dos assassinats formen part del corrent conspiracionista? —pregunta en Merikas.

—Encara que no ho diguin explícitament en els seus escrits reivindicatius, declaren estar en contra de les vacunacions i de la immunitat de ramat —respon el director—. Per això també van destruir les vacunes. Així que la lògica diu que els hem d'incloure en aquesta categoria.

—¿Hi ha indicis que els assassins estiguin al servei d'interessos ocults? —pregunta un jove amb vestit i corbata que veig per primer cop.

El director es gira i em mira perquè prengui la paraula.

—De moment no tenim cap pista sobre la identitat dels assassins. Per tant, no coneixem en quins cercles es mouen i si serveixen els interessos d'algú —li responc.

—¿La investigació ha revelat cap indici? —pregunta l'esprimatxada.

Li explico la meva teoria sobre els assassins aficionats tenint en compte les armes emprades en els dos crims, però l'interès de tots se centra en la informació sobre la cartera trobada al costat del cos d'en Dimakis.

—¿Què contenia la cartera? —pregunten tots a l'uníson.

Els explico que en realitat no hi havia res, ni diners, ni carnet d'identitat.

—No podem descartar que es trobés a l'escena de l'assassinat per casualitat.

A partir d'aquest punt, els periodistes perden l'interès i la roda de premsa s'acaba al cap de poc.

El director se'n va al despatx del ministre per informar-lo, mentre que jo em retiro en companyia del sotsdirector.

Estic tornant cap a Prefectura quan em truca l'Alamanos. Em pregunta on soc i li dic que torno de la seu ministerial.

—Si vols veure com s'enfronten cara a cara el moviment dels suïcides i els conspiracionistes, canvia de direcció i vine a Síntagma.

De poc no surto disparat per la finestra, de la sorpresa.

—Explica-m'ho, que ho entengui —li dic atònit.

—A la banda de l'avinguda de la Reina Amàlia s'han concentrat els conspiracionistes. A la de l'avinguda de la Universitat s'han aplegat una quinzena de iaios. I s'estan llançant insults i consignes els uns als altres. Els meus homes han format un mur de separació entre ells.

—Ja vinc —crido.

—Soc a la cantonada de l'avinguda Reina Sofia, a la vorera on hi havia les floristeries.

Li dic al conductor que canviï de rumb i vagi cap a la plaça Síntagma. Segurament que per dins em deu estar maleint els ossos, però posa la sirena i es dirigeix cap a Reina Sofia, que està tancada a l'altura de l'hotel Hilton.

Baixo a la cantonada d'Herodes Àtic i continuo a peu.

Trobo l'Alamanos una mica més enllà de l'entrada lateral del Parlament. Caminem fins a la cantonada i contemplo l'escenari tal com me l'havia descrit el meu col·lega. Miro els vells un a un. Deuen rondar tots els noranta pel cap baix. M'admira el coratge i la resistència que demostren per manifestar-se, malgrat la seva edat.

De sobte em quedo d'una peça: prop de la primera fila, mirant cap a la plaça, veig en Khardakos. Es recolza en un bastó i fa gestos.

—¿Què hi feu aquí, padrins? No és una protesta per les residències d'avis —els crida algú, i es produeix una riallada general.

—Aneu a casa, abans no patiu un atac i us hagin de portar a correcuita a l'hospital —crida un altre.

—Ni això, que no trobareu llit. Els ha reservat tots el coronavirus per portar-hi els seus clients.

—*Booking.com* s'ha convertit ara en *coronavirus.com* —crida un tercer.

Esclata una nova riallada general. Quan s'apaivaga, veig que en Khardakos alça el bastó.

—Ens hem passat la vida manifestant-nos en favor dels pobres i dels desfavorits —crida als del bàndol contrari—. No vam passar la joventut ni davant d'un ordinador ni a les cafeteries sempre en companyia del mòbil. Encara som capaços d'alçar-nos i lluitar pels que passen gana per culpa de la pandèmia.

—Els nostres hotels van ser els camps de concentració —crida el vell que hi ha al costat d'en Khardakos.

—Si tinguéssiu una mica de seny, vindríeu a donar suport als que tenen les botigues tancades i aviat no tindran ni un tros de pa per rosegar —afegeix un altre.

—Esteu vacunats i no teniu res a témer —li respon irònicament una noia—. Al cap i a la fi heu estat sempre esclaus dels patrons. Però nosaltres no deixarem que ens converteixin en un ramat. Destruirem les vacunes i a tots els que ens volen fer esclaus.

Un llarg «no» s'alça del costat dels conspiracionistes.

—Obriu els mòbils, entreu a *Gogle* i informeu-vos de què és la pobresa —crida un vell—. Quan arribi l'hora i us sonin els budells de no menjar, aleshores aneu al navegador i cerqueu la paraula fam.

—Es diu *Google,* padrí, no *Gogle,* a veure si ho pesques —li crida un jove.

—Aprèn a dir-ho bé, pallús —l'insulta un altre.

—I vosaltres busqueu a *Google* a veure si trobeu la vacuna per als imbècils —li replica un dels vells—. És l'única que potser us salvarà.

El comentari provoca un crit d'indignació. Els antiavalots els frenen amb dificultat perquè no ataquin els vells.

—Vosaltres sou els primers que ens volíeu fer esclaus, coi de comunistes —crida un home d'uns cinquanta anys a la primera fila—. Com que no us en vau sortir, ara us heu aliat amb els fabricants de vacunes per ajudar-los a aconseguir allò que vosaltres no vau poder.

El bàndol dels padrins els obsequia amb crits de «tous», «consentits» i «emmarats».

—Parlaré amb els vells perquè la situació està al límit —em diu l'Alamanos.

S'acosta als vells i comença a parlar-hi. Un dels que l'escolten crida a en Khardakos. S'acosta a l'Alamanos i parla amb ell. Tot seguit fa un gest als seus perquè es retirin.

—Vosaltres sempre igual. Quan veieu la poli, sortiu cames ajudeu-me —crida un jove.

En Khardakos es gira i el mira. Fa cara de voler abraonar-s'hi, però de sobte li canvia l'expressió i es posa a riure. Els seus correligionaris l'imiten i el grup de vells s'allunya entre rialles.

Aquí s'acaba la meva presència com a observador. M'acomiado de l'Alamanos i torno al cotxe patrulla. El conductor torna a posar la sirena i anem directes cap a Prefectura.

La imatge dels vells esquerrans manifestant-se m'ha trasbalsat. D'una banda, em deixen sense paraules i admiro que encara tinguin la resistència i la tossuderia per no sucumbir a la seva edat. De l'altra, però, penso en les implicacions que aquesta gosadia pot tenir en altra gent. I em preocupa saber si en aquest cas l'organitzador ha estat també en Khardakos.

La tornada al despatx i l'aparició d'en Dermitzakis fan que deixi estar les meves reflexions sobre la manifestació i en Khardakos.

—Comencem per les motos —em diu—. Per desgràcia, no n'hem tret res, i no precisament perquè per la zona no hi passin motos com aquestes, sinó perquè n'hi passen tantes que ningú no hi para atenció. Quan l'hi he preguntat al quiosquer m'ha dit que, si es passés el dia mirant les motos que passen, no treballaria. L'únic que he comprovat amb més o menys seguretat és que no hi havia cotxes aparcats al carrer Rota a l'hora de l'assassinat.

S'atura i em mira. M'ensumo que té una altra cosa, més important.

—Vinga, va, treu el conill amagat al barret —li dic.

—Una veïna que viu al davant ens ha dit que va veure dos paios entrar a l'edifici al vespre.

—¿A quina hora, aproximadament?

—Al voltant de les set. No va poder veure'ls la cara perquè portaven dessuadores amb caputxa. Va pensar que eren treballadors de l'obra i no en va fer cas.

—¿Algú els va veure sortir?

—No. Sembla que van fugir enmig de l'enrenou, mentre la gent s'ocupava d'en Dimakis.

—¿Recorda per quina banda del carrer van entrar?

—No n'està segura, però li sembla que venien de Diaku.

—Té sentit —li dic a en Dermitzakis—. Van entrar per Diaku, van deixar la cartera on creien que en Dimakis aparcaria i van pujar a l'edifici.

Si més no, hem aclarit els moviments dels criminals abans de l'assassinat, em dic. Quan en Dermitzakis marxa, se m'acudeix que podria anar a visitar en Khardakos. Miro el rellotge. Són les cinc tocades. No són hores de visitar un ancià. Deu estar esgotat per la concentració i possiblement ja dorm. Deixo estar la visita per demà al matí.

26

A les deu pujo al cotxe per anar a visitar en Khardakos. La trucada del sotsdirector m'ha animat. El ministre està molt satisfet. La roda de premsa d'ahir va ser primera plana als informatius de ràdio i televisió, i portada dels diaris d'avui.

No necessito posar el navegador del cotxe perquè ja conec la ruta fins al carrer Karkavitsas de Níkea. La sirena m'hauria estat més útil perquè als carrers hi torna a regnar el caos. Giri per on giri, em trobo algun embús. M'enfado amb mi mateix per no haver sortit abans. Finalment aconsegueixo arribar a destí després d'una hora de cues.

Truco al timbre del vell, que m'obre en persona. Se sorprèn de veure'm i es queda a l'entrada indecís.

—No he vingut a interrogar-te, només volia fer-la petar i preguntar-te una cosa —li explico.

Em fa passar sense fer cap comentari i em condueix fins a la sala d'estar. M'assenyala una cadira perquè hi segui i ell s'asseu davant meu.

—El moviment dels suïcides s'ha acabat, i amb els que cremen les vacunes i assassinen no hi tinc res a veure ni conec ningú —em diu per endavant per parar-me els peus.

—Ho sé. Primer vull felicitar-te, a tu i als teus amics, per la concentració d'ahir. —No s'ho esperava i em mira astorat—. Jo hi era —li explico, i de seguida afegeixo—: No oficialment. Alguns col·legues em van comunicar que hi havia enfrontaments entre els conspiracionistes i un grup de gent gran, i vaig assistir-hi per curiositat, com a espectador. Em trec el barret. Us hi vau enfrontar sense perdre els nervis i els vau dir el que calia a la cara.

Esperava veure-li un somriure o un gest de satisfacció, però m'equivocava. Em mira amb aire inexpressiu i sacseja el cap.

—Una vida d'enfrontaments, una vida de lluita als barris marginals, en manifestacions i marxes de protesta, i tota una vida de derrotes i fracassos.

No m'esperava una reacció així i em quedo sense saber què dir.

—¿Per què ho dius, això? —li pregunto. No sé què més li puc dir.

—Tu no m'ho hauries de preguntar. —De sobte esclata i crida—: Si hi ha algú que conegui de primera mà les nostres derrotes i fracassos, sou vosaltres, els polis. Sempre us teníem al davant, vigilant cada pas que fèiem. —Decideixo deixar-ho córrer. No té sentit que ara l'atabali amb preguntes. L'he de deixar que s'esbravi. En Khardakos intenta recuperar la calma. Respira fondo i continua—: Vam agafar les armes per fer una Grècia socialista i no vam conèixer només la derrota, sinó l'anorreament. Em va jutjar un tribunal militar, em van deportar a Makrónisos i després a Ai Stratis. Quan vam tornar de l'exili, vam recomençar la lluita. Novament als barris pobres, noves marxes de protesta i enfrontaments amb la policia, amb els teus. I després d'uns quants anys, una nova derrota amb l'arribada dels coronels. I tornem-hi amb la policia de seguretat, els militars, la presó, les tortures. La lluita contra la dictadura la va fer la generació del Politècnic. Nosaltres érem els perdedors. Quan es va restablir la democràcia, el 75, estàvem dividits, barallats els uns amb els altres, per acabar escindits en dos partits, però ja no dels pobres. Les manifestacions i les marxes van passar de ser actes de protesta a ser actes commemoratius. Una nova derrota, això. Ara, al final de la nostra vida, vam dir de fer un darrer sacrifici, oferir la mica de vida que ens quedava per mobilitzar la gent que corre el risc de perdre el que té i quedar-se al carrer. I resulta que arriben les noves generacions, que s'ho han trobat tot fet, a dir-nos que el coronavirus no existeix, que no volen convertir-se en ramat i que per això assassinen i cremen vacunes. No només hem estat vençuts pel capitalisme i la dreta, i per vosaltres, la policia, sinó que ara també pels nostres nets.

Calla i a mi se m'ha menjat la llengua el gat. Em fa l'efecte que el que digui serà banal. Finalment recorro a l'elogi.

—De totes maneres, tenies raó amb tot el que els vas dir ahir —li dic—. Els de l'altra banda han trobat la solució fàcil, dir que el problema no existeix.

—A la nostra joventut, quan teníem un problema els nostres pares ens deien «i jo què sé, espavila't». Els pares d'avui corren a fer desaparèixer el problema perquè els seus fills no s'hagin d'escarrassar —em respon—. Per a nosaltres la lluita era sobreviure, per als joves d'avui, una baralla de galls.

Em sembla que ha arribat el moment de plantejar la qüestió.

—Vull demanar-te un favor. Vull que em diguis qui va donar a en Begleris i a en Kortidis els noms de qui van publicar les seves cartes de suïcidi. Ja et dic per endavant i et soc sincer que no hi tenim res en contra. Només volem parlar-hi per si ens poden donar alguna informació que faci avançar la investigació i aturar els assassinats i els atacs a les vacunes.

—L'hi hauràs de preguntar al meu fill. Ho va organitzar ell.

Em dona el seu número de mòbil.

—¿Com es diu?

—Markos. Markos Khardakos. És empresari. —S'adona de la cara que he posat i sent la necessitat d'explicar-se—: Des de petit, a casa, només veia gent d'esquerres i sentia discussions polítiques. Es va fer emprenedor com a reacció a mi. Li he de reconèixer que va començar de zero i que ara té un negoci de càtering de vaixells.

No tenim res més a dir-nos i no vull fer-me pesat. M'aixeco i ell m'acompanya cap a la porta.

—Vull dir-te encara una cosa més —li dic al llindar de l'entrada—. Alguns membres de la policia que es posaven davant vostre complien el seu deure, però també entenien el que dèieu.

—Com tu —em respon, i no puc evitar pensar en el meu amic Lambros Zisis.

Pujo al Seat trasbalsat i m'hi estic una estona assegut per recuperar-me. A continuació em poso en marxa, però continuo pensant en el vell Khardakos. Estic tan absort, que ni m'importen els embussos dels carrers.

27

L'endemà al matí torno a ser dins del Seat. Afortunadament, la ruta ha canviat: en comptes d'una reunió al ministeri, vaig al bufet de la Katerina.

Ahir a la tarda, després de recuperar-me de la impressió que em va provocar la conversa amb en Khardakos, em vaig preparar per fer el pas següent i trucar al seu fill. Tanmateix, un segon pensament em va aturar. Ara mateix la prioritat més immediata no són els suïcides, sinó els atacs assassins dels conspiracionistes contra les vacunes i les persones. L'experiència i els coneixements que tinc sobre la gent que creu en una conspiració mundial són nuls i em costa entendre com pensen, per poder anticipar-me a algun dels seus moviments. La concentració a Síntagma i l'enfrontament amb els vells militants d'esquerres m'ha fet créixer la inseguretat.

Crec que l'única que pot il·luminar-me és la Mània. És possible que com a psicòloga hagi tractat casos de persones que es neguen a vacunar-se, i si és així deu estar en condicions de proporcionar-me alguna informació d'utilitat.

Ahir al vespre, quan ens vam trobar a casa de la meva filla, li vaig explicar el problema. La Katerina de seguida es va posar d'acord amb la Mània i vam quedar que ens trobaríem avui al matí. M'obre la porta la Katerina en persona. Han implantat un sistema perquè només hi hagi dues persones al bufet. Quan hi ha la Mània i la Katerina, la secretària treballa des de casa. Quan la Katerina es queda a casa, la secretària va al despatx.

—¿Et fa res que jo també hi sigui present? —em pregunta—. M'interessa molt.

—Gens. Si vols, també me'n pots donar la teva opinió.

Quan entrem al seu despatx, la Mània s'aixeca per rebre'ns.

—Novament feia dies que no ens vèiem, comissari. ¡No sap quin bàlsam és un sopar amb amics, quan la pandèmia ens té tancats a casa i ens priva de la vida social! Vostès almenys tenen el seu net. En canvi l'Uli i jo ens passem els vespres sols com dos mussols.

—Ho sé. En circumstàncies normals, t'hauria fet les preguntes ahir al vespre, que segur que ens hauríem vist —li responc.

—Pare, en circumstàncies normals, no et caldria fer-li les preguntes que vols fer-li —m'explica la Katerina rient.

La Mània entra directament al tema que em preocupa.

—¿Què vol saber, comissari?

Li faig una visió general del cas que estem investigant i de la implicació dels conspiracionistes.

—No tinc experiència i no sé com pensen. Per això volia preguntar-te si, com a psicòloga, n'has tractat algun cas i si em pots explicar la teva experiència i què n'opines.

—Fins ara he tractat dos casos. Un era un home d'uns cinquanta anys. Va venir a la consulta per recomanació d'una meva amiga patòloga. L'home s'havia negat a vacunar-se fins al dia que la dona va donar positiu i al cap d'una setmana estava intubada a l'hospital. Aleshores es va ensorrar ple de remordiments i va necessitar suport psicològic. Quan li vaig preguntar per què no s'havia vacunat, em va confessar que l'havien convençut els seus amics. Li asseguraven que les farmacèutiques havien tret les vacunes al mercat a correcuita, sense fer-ne les proves necessàries, per estalviar costos, i que ningú sabia quines complicacions podien tenir d'aquí a uns anys. Fins i tot quan la dona va contraure el coronavirus, defensaven el mateix. —S'atura un moment i em mira, per si li vull preguntar alguna cosa. Prefereixo esperar que acabi i després fer-li les preguntes que calgui—. Em va confessar que això va fer que tallés amb les seves amistats —continua la Mània—. Quan li vaig preguntar per què havia esperat que la dona agafés el virus per vacunar-se, em va dir que havia tingut dubtes, però no havia gosat vacunar-se per por que els amics se n'assabentessin, no li parlessin i es quedés sol en plena pandèmia.

—¿I era antivacunes per no perdre les amistats? —li pregunto desconcertat.

—Pare, ves i pregunta-li a en Zisis quants dels companys no estaven d'acord amb les decisions del partit, però les acataven per no quedar-ne fora —em respon la Katerina i em deixa sense arguments.

—De fet, molts dels que diuen que s'oposen a les vacunes perquè els convertiran en ovelles, tenen més por de quedar fora del propi ramat d'amics que cap altra cosa —afegeix la Mània.

—¿I l'altre cas? —pregunto a la Mània.

Somriu.

—El fill d'un degà —em respon—. Uns encaputxats van entrar al rectorat i el van apallissar. El fill li va dir al pare que això és el que fa el poder. El rector es va espantar i me'l va portar. Quan vaig començar a parlar-hi, em vaig adonar que el problema era la monotonia i l'avorriment.

—¿Monotonia i avorriment?

—L'hi explicaré. Els joves del seu temps, comissari, lluitaven contra la pobresa i la injustícia. La generació del 68 lluitava per més democràcia i justícia. La generació del Politècnic es va rebel·lar contra la junta militar. Avui, la majoria de joves viuen amb una certa comoditat econòmica i estudien on i el que volen. Més enllà d'això, la seva vida transcorre a les xarxes socials, a les cafeteries i als bars. En algun moment aquesta quotidianitat els asfixia i busquen alguna cosa que trenqui radicalment amb la monotonia i l'avorriment. El coronavirus i les mesures restrictives els ofereixen una bona forma d'explotar.

—Aquesta també és la meva angoixa futura amb el meu fill —admet la Katerina.

—Aquí té una mare preocupada, comissari —em diu la Mània entre rialles. Es gira cap a la Katerina—. Encara és d'hora per angoixar-te, dona. Quan vagi a l'institut ja parlarem ell i jo per descobrir quins són els seus interessos —la tranquil·litza.

—Una cosa és rebel·lar-se contra la rutina i una altra cometre un crim —li dic a la Mània—. Els que busquem han assassinat dues persones.

—Traspassar els límits establerts ens pot passar a qualsevol de nosaltres, sobretot en les condicions en què vivim ara mateix. A partir d'aquí, els uns s'acaben ensorrant i els altres recorren a la violència.

Potser la Mània té raó, però la seva explicació ni em facilita ni m'aclareix la investigació. Al contrari, segons les seves paraules és impossible distingir les ovelles negres.

No tinc res més per preguntar-li i m'aixeco. Li dono les gràcies, mentre la Katerina m'acompanya a la sortida.

De camí a Prefectura torno de nou al que m'acaba d'explicar la psicòloga. L'única esperança que tenim es troba en el primer cas que m'ha descrit. O sigui, que algun dels assassins s'ensorri i ho deixi tot al descobert.

Amb aquest pensament arribo al despatx. Truco al fill

d'en Khardakos per telèfon, però no em respon. Deixo la trucada per més tard i contacto amb en Velidis.

—M'agradaria parlar d'un tema tècnic.

Ho endevina immediatament.

—De les xarxes i els manifestos.

—Exactament.

—D'acord. Vindrà amb mi l'especialista, que en sap més que jo.

Al cap de poc arriba acompanyat d'un dels seus homes, en Kostas Zekos.

—Vull que m'expliqueu com van aconseguir piratejar les plataformes dues vegades i publicar les seves reivindicacions.

—No és tan difícil, si has estudiat informàtica i tecnologia de la xarxa —em respon en Zekos—. La dificultat rau a conèixer el codi d'accés a la plataforma electrònica. La segona cosa, i la més important, és burlar el sistema de control d'accés. Si aconsegueixes això, aleshores instal·les al sistema allò que en diem un virus, que quan s'activa bloqueja la plataforma.

Un altre cop un virus, penso per a mi. Miri on miri, en aquest cas sempre ensopego amb un virus.

—¿Heu esbrinat com s'ho han fet? —li pregunto.

—No cal. Ja ho estan fent tots els afectats —em respon en Velidis—. Estem en contacte permanent amb aquestes empreses i, quan descobreixin el programa maliciós que han instal·lat els autors, ens n'informaran de seguida.

—Que ens informin, però no vull que es coli cap altre manifest —li adverteixo—. També ens ajudarà llegir de seguida el que pretenguin penjar i avaluar-ne el contingut. Després, ja ho podrem esborrar.

Marxen i convoco el meu equip. Arriben acompanyats de la Kula.

—¿Tenim cap novetat? —els pregunto.

En Dermitzakis arronsa les espatlles.

—Vam tornar a pentinar el carrer Rota i ens vam centrar en l'edifici d'apartaments on vivia en Dimakis. No puc dir que n'haguem tret res útil. En Dimakis estava divorciat i vivia sol. L'exdona i el fill viuen a Patras, on el fill estudia. La relació d'en Dimakis amb la resta de veïns començava i s'acabava amb la salutació de cortesia a l'entrada de l'edifici o a l'ascensor. No mantenia cap relació d'amistat amb ningú.

—¿Has trobat res interessant a les xarxes? —pregunto a la Kula.

—Els que hi estan a favor i en contra, des d'elogis a l'home de ciència a insults —em respon—. L'habitual i insubstancial xerrameca de les xarxes socials.

—Vull que us poseu en contacte amb els responsables dels antiavalots que van vigilar les dues concentracions dels conspiracionistes abans i després de l'assassinat —els dic—. Ens interessa saber si hi va haver detencions. Si n'hi va haver, vull que recopileu informació sobre els detinguts: els noms, les edats i de què treballen.

Em miren amb escepticisme.

—Fem-ho, però no crec que puguem trobar res d'important —em diu en Dervísoglu—. Segur que els assassins no es van deixar veure al capdavant de la manifestació.

—Ho sé, però ara mateix no tenim cap altra manera de fer avançar el cas.

Quan marxen, torno a trucar a en Khardakos fill. De nou no m'agafa el telèfon. Segurament deu estar treballant, veu una trucada desconeguda i no vol interrompre la feina. Decideixo trucar-li demà al matí a primera hora, abans no comenci a treballar.

28

Quan arribo al despatx a primera hora, el primer que faig és trucar a en Khardakos fill. El mòbil sona durant molta estona sense resposta, però no em rendeixo. La meva persistència té el seu premi. Finalment sento una veu seca.

—Digui.

—¿El senyor Khardakos? —li pregunto per estar-ne segur.

—¿Qui és?

Em presento i li dic que el seu pare em va donar el seu telèfon.

—Em va dir que va ser vostè qui va donar els noms i les adreces dels que van fer les publicacions sobre els dos suïcides i voldria que en parléssim —afegeixo.

—Sí, però avui és impossible, tenim un funeral —em respon—. Ha mort el meu pare.

—¿Mort? —Faig un bot a la cadira i em quedo dret amb l'auricular a la mà.

—Es va suïcidar. Va passar una corda pel ganxo del llum de la cuina i es va penjar.

—¿Quan va passar això?

—No ho sabem exactament. Ahir al matí no contestava al telèfon. La meva dona estava preocupada per si li havia passat res. El va anar a veure i el va trobar com li he dit.

Reuneixo tot el meu coratge i li pregunto:

—¿Ha deixat cap carta o una nota?

—No, res.

—No sé què dir... Accepti el meu condol.

Li deixo el meu número de mòbil i penjo. El cervell del grup s'ha suïcidat per desesperació, és el primer que em passa pel cap.

Em quedo clavat a la cadira. D'altra banda, la meva relació amb en Khardakos era personal i no en puc parlar amb ningú del cos. Espontàniament em ve al cap en Zisis. Se'm planteja el dilema de si l'hi he de dir o ho deixo estar. Finalment decideixo parlar-ne amb l'Adrianí. En casos així, el seu criteri sol ser més encertat que el meu.

M'escolta sense interrompre'm.

—Em sembla que sí, que l'hi hauries de dir —opina—. Si al final se n'assabenta, pot ser un cop molt dur per a ell i a la seva edat les conseqüències poden ser terribles. —I després afegeix—: Digues-li que vingui a casa aquest vespre. A casa nostra, no de la Katerina. L'enrenou familiar que es genera al voltant del nen encara el posarà més nerviós. Li diré a la Katerina que vingui abans i tornaré a casa per fer el sopar.

Li dic a la Stel·la que me n'he d'anar per una urgència i marxo cap a l'asil. A l'entrada, l'Stélios m'informa que en Zisis és a la cuina i se'n va a cridar-lo. Al cap d'una estona apareix amb cara de sorpresa perquè no és la meva hora habitual de visita.

—¿Que passa res? —em pregunta.

—Depèn.

—Anem a la cantina i en parlem.

Un cop asseguts, li explico tota la meva relació amb en Khardakos: les dues trobades, la manifestació a Síntagma i finalment el seu suïcidi, tot.

—He preferit dir-t'ho jo en persona —afegeixo com a epíleg.

S'aguanta el cap entre les mans i roman en silenci.

—En Khardakos era la força motriu del partit a Níkea la Roja —em diu quan recupera la veu—. I no només del partit. Qualsevol pobre que tingués un problema anava a trobar en Khardakos. Va ser la taula de salvació de tota la comunitat. —S'atura per deixar escapar un sospir des del fons del cor—. Primer els tres suïcides que van sacrificar les seves vides, i ara en Khardakos. A mi em va salvar l'asil. Sense l'asil, és possible que jo mateix hagués format part de l'organització dels suïcides.

—Tu has aconseguit precisament el que pretenia aquesta organització. Ajudar tots aquells que necessiten un lloc on aixoplugar-se i un llit —li explico—. Ara, amb la pandèmia, cada cop hi ha més gent necessitada —afegeixo per donar-li ànims.

—Ho sé, ho visc cada dia —em respon, i sacseja el cap.

—¿Vens a sopar a casa aquesta nit, només nosaltres tres? L'Adrianí cuinarà.

—¿A quina hora? —em pregunta sense objeccions. És evident que avui no vol quedar-se sol amb els seus pensaments.

—Et vindré a buscar cap a les vuit. No pateixis per la tornada. Soc policia i no tinc restriccions de mobilitat.

La conversa ha anat millor del que m'esperava i em sento alleugerit. Abans de marxar, truco a l'Adrianí i l'hi explico.

—En Dermitzakis el busca urgentment, comissari —em comunica la Stel·la quan torno al despatx.

—Digues-li que vingui de seguida.

En Dermitzakis no ve sol, però. Es presenta amb la resta de la unitat.

—Fa una estona el centre de distribució de vacunes ens ha informat que una furgoneta que portava vacunes a Aspropirgos ha estat atacada —em diu en Dermitzakis.

—¿A quina hora ha estat l'atac i on?

—A les sis del matí, just quan sortia de l'autopista Atenes-Corint i agafava l'avinguda de la Democràcia.

—¿Com és que circulava sense escorta? —li pregunto.

—Segons ens ha dit el director del centre de distribució, havien pactat amb la policia d'Aspropirgos que l'escortaria un cotxe patrulla just quan entrés al municipi —m'explica en Dermitzakis—. El conductor diu que va trucar a la policia quan tocava, però que el cotxe patrulla no hi era. Aleshores es va esperar una estona i al final va decidir no fer-ho més i continuar per no endarrerir el lliurament de vacunes. Quan ja havia avançat uns quants metres, de sobte van aparèixer uns encaputxats pels carrers adjacents i van atacar la furgoneta amb còctels molotov. El conductor no va perdre la calma i va maniobrar per escapar-se. Per sort, al cap de poc van fer acte de presència dos cotxes patrulla i els encaputxats van fugir pels carrers dels voltants.

—¿I les vacunes? —pregunto.

—Segons ens ha assegurat el director, no han patit danys, i el conductor també està bé —em respon l'Askalidis.

—¿On és el conductor ara?

—Acaba de tornar al centre de distribució de vacunes —em diu en Dervísoglu.

—Aneu-hi de seguida i parleu-hi. Que l'Askalidis es quedi aquí amb la Kula per si passa res i el necessito amb mi.

Marxen i li dic a la Stel·la que truqui de seguida al comandant de la comissaria d'Aspropirgos. Estic furiós amb la seva negligència.

—Suposo que l'han informat sobre l'incident de la furgoneta, senyor sotsdirector —em diu el comandant amb veu de gos apallissat.

—M'han informat i confesso que no em puc explicar com ha pogut succeir un error tan greu —li responc amb to dur.

—Malauradament, un dels carrers estava tallat per obres. Aquest ha estat el motiu del retard —m'explica.

—Quan es produeixen trasllats de vacunes, els cotxes patrulla han d'estar apostats al lloc designat des d'abans de l'arribada i no concertar la trobada amb la furgoneta en el moment de sortir. ¿No s'adona que no només podríem haver patit una destrucció de vacunes, sinó també víctimes humanes?

Penjo i truco immediatament al director del centre de distribució.

—Des d'avui vull que prepari un programa setmanal de distribució de vacunes.

—Això ja existeix —respon.

—¿I qui informa la policia dels transports?

—Si es tracta de distribució dins d'Atenes, ho fem nosaltres. Per als transports fora d'Atenes, els responsables són els centres de vacunació.

—D'ara endavant m'enviarà una còpia del programa per supervisar-ne la coordinació i l'execució.

—Això ens serà de gran ajuda, comissari —em diu alleugerit.

Després de parlar amb ell, encara em queda pendent la trucada al meu cap.

Ja l'han informat de l'incident i està trasbalsat.

—¡Ja es pot preparar, el comandant de la comissaria d'Aspropirgos, en la propera remodelació policial! —em diu furiós.

—Això no és cosa meva. El que li demano és que designi una persona responsable de la supervisió dels transports. M'acabo de posar d'acord amb el director del centre de distribució que a partir d'ara ens comuniqui l'horari setmanal de transports de vacunes. N'hi enviaré una còpia a vostè i una al coordinador que designi. Vostè decidirà a qui ha d'informar el coordinador. Al meu entendre, s'hauria d'adreçar directament a vostè.

Em diu que de seguida farà les gestions i que esperarà que

li enviï el següent programa de transport de vacunes. Pensava que amb això ja havia acabat, però m'equivocava. Al cap de cinc minuts apareix en Dervísoglu. Vull preguntar-li com ha anat l'interrogatori, però se m'avança.

—Hem portat el conductor de la furgoneta a Prefectura, comissari. Ens ha fet una descripció dels fets que hauria d'escoltar personalment.

No pregunto els detalls perquè els sabré d'aquí a poc. Anem junts a la sala d'interrogatoris. En Dermitzakis i la Kula estan asseguts amb un noi jove. Me'l presenten com a Thódoros Kasis, conductor de la furgoneta.

—Els meus col·laboradors han considerat oportú que jo també escolti el que els has explicat —li dic.

—L'atac s'ha produït a l'avinguda de la Democràcia, però el seguiment ha començat abans. Quan ja era a prop d'Eleusis, tres paios amb motos han aparegut del no-res i han començat a fer el mateix camí que jo. Al principi no n'he fet cas. Però les motos em continuaven seguint. De vegades una m'avançava, mentre les altres em seguien, de vegades totes es col·locaven a la mateixa altura de la furgoneta. Com que la cosa començava a pintar malament, he trucat a la policia i m'han dit que el cotxe patrulla venia de camí. Quan hem arribat a la cruïlla de l'avinguda de la Democràcia, les motos no l'han agafat. Això m'ha tranquil·litzat, però el cotxe patrulla no hi era, de manera que he decidit continuar. Una mica més enllà, uns encaputxats han aparegut de cop dels carrers adjacents i han començat a llançar còctels molotov contra la furgoneta. Ha estat del tot inesperat i al principi m'he espantat molt, però ràpidament m'he adonat que si m'aturava estava perdut. O sigui que he accelerat. Quan em barraven el pas amb la moto, m'hi tirava al damunt i els obligava a apartar-se. Finalment, en veure que arribaven els cotxes patrulla, han sortit cames ajudeu-me i han fugit.

—¿Els has vist les cares, als de les motos? —li pregunto.

—No. Portaven casc.

—¿Recordes quines motos conduïen?

—Dues eren Suzukis. La tercera, la que m'ha avançat, era de gran cilindrada. Segurament alemanya o americana.

—¿Podria haver estat una Harley Davidson? —li pregunta en Dermitzakis.

—Pot ser, però no n'estic segur.

—¿T'has fixat en el número de matrícula d'alguna de les motos? —li pregunta en Dervísoglu.

En Kasis somriu.

—No estava en condicions de parar atenció als números de matrícula.

—Has fet molt bé dient-nos tot això i t'ho agraeixo de debò —li dic al conductor.

La Kula l'acompanya per portar-lo fins al cotxe patrulla. Els altres esperen els meus comentaris en silenci.

—No només són els quatre del primer atac. N'hi ha molts més, i això complicarà la investigació —els dic.

—Afortunadament, han ensopegat amb un conductor espavilat i ens hem salvat d'una situació pitjor —comenta en Dervísoglu.

—A vosaltres, però, se us gira feina. Heu d'anar immediatament a Aspropirgos, on hi ha hagut l'atac, i fer una batuda pels carrers dels voltants. Ens interessa saber com es va preparar l'emboscada i si algú coneixia o havia vist abans alguna de les persones implicades.

Pujo al despatx i em submergeixo en els meus pensaments. En lloc de reduir-se, el cercle de criminals continua creixent.

29

La vetllada d'ahir al vespre va donar un respir a en Zisis, encara que fos en ocasió d'una mort. L'Adrianí va fer sopa de verdures, però sense ou ni llimona, i de segon albergínies amb all i tomàquet.

—Veig que avui has optat per una dieta saludable —li va dir en Zisis en veure el menjar.

—Per honrar la memòria del teu amic he cuinat els plats que menjàvem quan érem pobres —li va respondre l'Adrianí.

El menjar i la declaració de la meva dona van afluixar la llengua del nostre convidat. Per primera vegada ens va parlar d'ell mateix, dels seus pares, que havien arribat com a refugiats d'Àsia Menor, i de com el pare va aixecar la casa del carrer Ekavis amb les seves mans. Després fins i tot va anar més enllà i ens va parlar del trencament amb el seu pare quan li va dir que s'havia sumat a l'organització, però també de la devastació que va sentir quan ja al camp de concentració va saber la seva mort.

—Quan en Lambros sigui gran, vull que li expliquis tot això —li va dir l'Adrianí—. Jo li parlaré de la meva relació amb la desgràcia i tu de la teva.

—¿Per què? —li va preguntar en Zisis, desconcertat—. ¿Per què he de parlar al meu fillol d'amargor i patiment? ¿Perquè porta el meu nom?

—No, simplement perquè nosaltres sabem el que avui molts han oblidat: que la pobresa també és una mena de vitamina. Et dona força per lluitar. Si no en sap res, en Lambros esdevindrà un d'aquests joves que consideren la infelicitat una conspiració.

De tornada a l'asil, en Zisis s'havia relaxat i jo vaig poder dormir tranquil, sense interrupcions ni malsons.

Ara estic al despatx amb el meu equip, que ha vingut per informar-me dels resultats de la investigació al voltant de l'avinguda de la Democràcia, a Aspropirgos.

—Ningú del barri va veure ni va sentir res —em diu en Dermitzakis—. Al principi vam pensar que els criminals devien ser de per allà i que ens mentien per protegir-los. Però quan vam pentinar la zona vam descobrir que als voltants només hi ha edificis abandonats i solars buits. Probablement els encaputxats s'hi van amagar amb la resta de còmplices i estaven a l'aguait. Quan van veure la furgoneta van començar l'atac amb els molotov.

—En altres paraules, la conclusió és que ningú del veïnat va tenir contacte amb els assaltants.

—Si vol la meva opinió, es tracta d'un barri molt tancat amb una important comunitat gitana —em diu en Dervísoglu—. Per tant, si entre els participants hi havia gent del barri, mantenen la boca tancada, sigui per protegir-los o per no tenir problemes amb la policia.

No tinc temps de dir-li que té raó perquè em sona el mòbil.

—¿El comissari Kharitos?

—Jo mateix.

—Soc Pavlos Khardakos —em diu una veu desconeguda, i afegeix, abans no m'agafi un cobriment—: Soc el net d'en Pavlos Khardakos, que vostè coneixia. El meu pare m'ha dit que vol informació referent als posts dels suïcides. Per això li truco.

Per fi un missatger que porta bones notícies, em dic a mi mateix.

—En primer lloc, accepti el meu condol i gràcies per haver-me trucat —li dic a en Khardakos net—. ¿Quan li va bé que ens trobem?

—Jo puc aquesta tarda. Vindré amb el meu germà, perquè un dels dos que va publicar les cartes és amic seu. —Fa una pausa i continua dubitatiu—: Tinc, però, una petició.

—Vostè dirà.

—Si és possible, no ens trobem a comissaria. Millor en un altre lloc.

No necessito trencar-m'hi el cap. Com que cafeteries i bars estan tancats, l'únic substitut és l'asil. Els en dono l'adreça.

—És un asil per a persones sense llar gestionat per un amic meu —li explico, i quedem que ens hi trobarem a les quatre.

—Aquesta ha estat una trucada que ens podria donar algunes pistes —comento als meus, que em miren sense entendre res—. Quan reuneixi tota la informació, us faré un informe complet.

Truco a en Zisis i li parlo de la trobada. Com ja preveia, la cantina està disponible. Només em queda aguantar fins a l'hora de la trobada. L'espera no és el meu fort, sobretot quan no estic ocupat, però faig de la necessitat virtut.

Els nets Khardakos arriben a les quatre en punt. En Pavlos em presenta el seu germà, l'Andonis. En Zisis ens porta a la cantina i es disposa a deixar-nos sols, però l'aturo.

—Espera, vull que coneguis primer els nets d'en Khardakos —li dic, i em giro cap als germans—. En Lambros Zisis era amic del vostre avi.

—No era amic, era camarada —em corregeix—. Vam estar junts al partit i durant un temps al camp de concentració d'Ai Stratis.

Els dos germans se li acosten, obliden les precaucions i li donen la mà.

—És una gran alegria conèixer un camarada del nostre avi, sobretot ara que ens ha deixat —li diu en Pavlos.

—I de la manera que ens ha deixat —afegeix l'Andonis.

—Jo també estic molt content de conèixer els seus nets —els respon en Zisis, que surt de la cantina visiblement emocionat.

—Hem estat afortunats de tenir un avi com el nostre —em diu en Pavlos—. Ens va obrir els ulls i ens va ensenyar coses que altres joves de la nostra edat ni coneixen ni n'han sentit a parlar.

—Sempre començava amb la història de la seva vida per arribar a una conclusió didàctica —conclou l'Andonis, i afegeix—: L'estimàvem molt. Era un plaer estar amb ell i sentir-lo parlar.

—Per descomptat, això ha tingut un cost per a nosaltres —diu en Pavlos.

—¿Quin cost? —li pregunto.

—El nostre cercle d'amics és limitat —em respon—. Quan has crescut amb algú com el nostre avi i saps quina vida va tenir, no és fàcil connectar amb la gent de la teva edat i discutir per qualsevol banalitat com si fos un assumpte de vital importància.

Per un moment em ve al cap la meva conversa amb la Mània i tot seguit enceto la qüestió que m'interessa.

—¿Com és que li vau donar els noms dels vostres amics perquè pengessin les notes de suïcidi a la xarxa? ¿Us ho va demanar ell personalment? —els pregunto.

—Sí, va ser ell —em respon l'Andonis—. Un dia que érem a casa seva, arreglant el món com sempre, de sobte ens va preguntar si teníem amics de confiança disposats a publicar a les xarxes les cartes d'una sèrie de camarades.

—Li vam dir que tots dos teníem un compte a Facebook i que ho podíem fer nosaltres sense problema —continua en Pavlos—. No va voler per ser qui som. Va dir que teníem el mateix cognom que ell i que les persones que llegissin els posts es pensarien que hi teníem relació. Així que li vaig presentar en Parasidis, que coneixia de la facultat de Dret.

—I jo en Keleris —afegeix l'Andonis—. Vaig pensar en ell perquè vam fer un màster en programació web junts i després vam mantenir el contacte.

—Quan vam parlar amb en Parasidis per primer cop, ens va dir que al principi va pensar que la carta d'en Kortidis era una farsa, però que la va penjar quan es va assabentar que realment s'havia suïcidat —els explico.

—Li va dir la veritat —em confirma en Pavlos—. Es va pensar que era una broma i em va trucar. Així vam conèixer el contingut de les cartes. L'avi es va veure obligat a reconèixer que eren cartes escrites a mà per ell. Quan n'hi vam demanar detalls, ens va respondre que som joves amb una vida per davant i no ens havíem d'ocupar de morts ni de suïcidis. —S'atura i sacseja el cap—. ¡Com havia de saber aleshores que ens ocuparíem del seu!

Deixo passar uns segons, fins que es recuperin de l'emoció.

—¿El vostre avi us va parlar mai d'una organització de suïcides?

—A mi, mai. A en Pavlos, no ho sé —em respon l'Andonis.

—A mi tampoc, però jo vaig estudiar Dret, i a Dret t'ensenyen a anar més enllà, comissari —em diu en Pavlos—. El que de seguida vaig descobrir de l'avi va ser la conspiració. Aquesta conspiració, però, no tenia res a veure amb la dels joves de la meva edat. Era la conspiració dels perseguits, que explicaven els plans només als directament implicats, per precaució. Si hi havia una organització, no ho sabem, perquè no hi estàvem implicats. L'avi va pensar que la nostra participació es limitava a fer que pengessin les cartes a internet.

No tinc més preguntes i m'aixeco. Sortim junts a l'entrada. En Zisis s'està esperant per acomiadar-los.

—Ha estat un plaer conèixer-vos —els diu—. El vostre avi era un gran lluitador i una gran persona.

Després els dono les gràcies per la seva amabilitat i els dos germans marxen.

—Has fet molt bé portant-me'ls perquè els conegués.

—El seu pare es va convertir en un home de negocis com a reacció a en Khardakos, però els nets, en canvi, estaven molt units al seu avi —li explico.

Ja són les sis tocades. No té sentit tornar a Prefectura. Prefereixo visitar el meu net.

30

Ahir al vespre el meu net estava més content. Això em va animar, tot i que no em va fer dormir més tranquil. Em vaig deixar caure al llit, però no podia aclucar l'ull pensant en el nou atac a la furgoneta i en tot el que m'havien dit els nets Khardakos. Vaig passar-me la meitat de la nit desvetllat i l'altra meitat amb malsons.

Per això ara entro a l'oficina decidit a actuar. Durant tot aquest temps hem intentat traçar un pla d'actuació clar, oblidant però que sovint és l'acció que condiciona el pla. Potser en té la culpa aquesta organització, que no requeria cap acció coordinada, més enllà d'impedir la publicació de les cartes.

Tanmateix, mentre nosaltres intentem recollir informació i prendre les mesures adients, es produeixen nous atacs que ens fan perdre el temps.

Convoco la meva gent a una reunió per intentar revertir aquest rumb. Primer els ofereixo una àmplia informació sobre en Khardakos i les converses que hi vaig tenir fins al seu suïcidi, i posteriorment la trobada amb els seus nets.

—Hem de reprendre el fil des del principi, encara que a primera vista sembli que no hi ha cap relació entre el moviment suïcida i l'activitat criminal dels conspiracionistes —concloc.

—¿Creu que pot haver-hi connexió? —em pregunta l'Askalidis.

—Ara mateix no ho sé. Però sí que sé que hi ha una seqüència. La història va començar amb els suïcides i a continuació van saltar a la palestra els conspiracionistes. L'única manera de saber si hi ha cap punt de contacte és revisar de nou els dossiers dels suïcidis, ara que tenim la informació dels nets d'en Khardakos. Així que vull que porteu l'Stratos Keleris, que va publicar la carta d'en Begleris, i en Miltos Parasidis, que va publicar la carta d'en Kortidis, per fer-hi un acarament, a veure si se'ns va escapar res durant el primer interrogatori.

—Però les coses estan clares, i més ara, que sabem que en Khardakos va obtenir les adreces a través dels nets —observa en Dervísoglu.

—Exacte. Aquesta informació addicional ens ajudarà a esbrinar si ens hem perdut alguna cosa —li responc.

L'últim a parlar és en Dermitzakis.

—A la informació que hem recollit fins ara no apareix cap element que connecti el moviment suïcida amb els conspiracionistes. D'altra banda, fins ara no hem aconseguit localitzar cap dels terroristes del 2021 per interrogar-lo. Per tant, em sembla correcte reprendre la investigació des del principi, a veure si surt a la llum alguna cosa nova que ens hagi passat per alt.

Amb aquestes paraules s'acaba la reunió. Ells marxen a preparar l'interrogatori dels dos internautes, mentre a mi em turmenta la pregunta de si he d'informar de seguida el sotsdirector. Al final concloc que és més assenyat que abans fem l'acarament, per si apareixen noves proves.

L'Adrianí em truca per preguntar-me si aquest vespre em va bé que convidem la Melpo, com havíem dit uns dies enrere. Li dic que tinc un interrogatori urgent i que no sé quan acabaré.

Mentrestant, han arribat en Keleris i en Parasidis.

—Vam tenir una conversa amb en Pavlos i l'Andonis Khardakos i els hem convocat per aclarir alguns detalls —els dic—. Ens van dir que els coneixien, que ells van donar els seus noms als suïcides i que van acordar que publicarien les cartes.

—Conec l'Andonis —respon en Keleris—. Em va trucar i em va preguntar si em faria res penjar una carta que m'arribaria per correu ordinari de part d'algú anomenat Begleris. Ho vaig acceptar perquè l'Andonis i jo som amics des dels nostres anys d'estudiants universitaris.

—Sí, però en el primer interrogatori no ens vas dir que el net d'en Khardakos hi estava implicat —observa en Derví-soglu.

—Té raó. L'Andonis em va dir que la petició del seu avi, que tenia més de noranta anys, era que els nets no s'hi impliquessin —m'explica en Keleris—. Vaig pensar que només li estava fent un favor a un amic. A més, la carta va arribar per correu, tal com m'havia dit.

Em giro i faig una mirada a en Parasidis, que entén que esperem les seves explicacions.

—El meu cas és idèntic —diu—. L'única diferència és que soc amic, no de l'Andonis, sinó d'en Pavlos Khardakos. I en aquest cas, la nostra amistat es remunta als anys que estudiàvem la carrera de Dret. Jo continuo amb el doctorat, mentre que en Pavlos ja treballa com a advocat a l'empresa del seu pare. A mi em va dir exactament el mateix, com va fer el germà amb el senyor Keleris. En el meu cas, però, em va confondre el fet de rebre la carta mentre en Kortidis encara era viu. Vaig trucar a en Pavlos per preguntar-li si m'estava aixecant la camisa. Em va assegurar que no, però mentre parlava amb el seu avi per donar-me una explicació, en Kortidis es va suïcidar. —Fa una pausa i afegeix—: Hi va haver un tercer suïcidi, però pel que sé ell mateix va penjar la carta a la xarxa.

—Sí, era un professor de matemàtiques —li explica l'Askalidis.

—Ara que ho diu... —diu en Keleris i s'atura.

—¿Vol explicar-nos alguna cosa sobre el tercer suïcidi? —li pregunto.

—Sí, encara que no crec que sigui important. Abans del tercer suïcidi, l'Andonis em va trucar i em va preguntar si coneixia algú que acceptés penjar una altra carta. No volia que ho fes jo perquè li feia por que un segon post meu podria aixecar sospites i crear-me problemes. Li vaig donar el nom d'un amic, però l'Andonis em va trucar després per dir-me que el suïcida ja havia penjat la carta abans de morir. Ho comento perquè en tinguin una imatge completa —afegeix.

—¿Ens pot donar el nom d'aquesta persona? —li pregunta en Dervísoglu—. No per interrogar-lo, només per tenir, com vostè diu, una imatge més completa del cas.

—Andreas Tetis, treballa en una cadena de televisió —respon en Keleris.

Això de la cadena de televisió em sona d'alguna cosa.

—¿Quina feina hi fa? —li pregunto.

—Treballa a la pàgina web —em respon, i em dona el nom de la cadena.

Intento mantenir la calma.

—Els donem les gràcies per la seva col·laboració. Ens han ajudat a tenir una imatge més exacta dels fets. No tenim més preguntes —els dic.

L'Askalidis surt amb ells per organitzar el seu retorn. En Dermitzakis es gira i em mira amb un somriure.

—¿Creu que hem pescat un peix gros, comissari? —em pregunta.

—De moment és petit, però, com que darrerament les

mutacions del coronavirus no fan més que marejar-nos, és possible que tinguem sort i el peix petit es converteixi en gros —li diu rient en Dervísoglu.

M'afanyo a tallar-los les ales.

—No us precipiteu, encara no sabem la mida del peix. El que importa és que, si tenim sort, segurament haurem trobat el vincle de connexió que ajuda els combatents del 2021 a piratejar la xarxa —els explico—. Vull que a partir d'avui poseu aquest Tetis sota una estreta vigilància, tant a la feina com al lloc on visqui. És urgent saber on va i quina gent freqüenta. Encara és aviat per a les celebracions, però podria ser el detonant de l'acció, amb la qual comptava. Ara vaig a informar en Velidis.

Pujo al meu despatx i demano a la Stel·la que truqui immediatament a en Velidis. Quan arriba, l'informo del que ens acaba d'explicar en Keleris.

—Haurem de contactar amb la cadena de televisió per saber què fa exactament en Tetis i quines tasques té encomanades —em diu.

—De cap manera. Ho hem de fer amb discreció perquè, si corre la notícia que estem investigant-lo i hi està implicat, tindrà temps d'esborrar qualsevol rastre. Tot i que ell no va piratejar les xarxes, no crec que s'arrisqués tant. Si hi va estar implicat, els devia proporcionar només la informació imprescindible perquè ho fessin uns altres.

—Bé, ¿i què suggereixes?

—El més assenyat seria, si això és possible evidentment, que demanessis a algú que coneguis de la cadena que vingui aquí a parlar-ne, en la més estricta confidencialitat. Mentrestant, els meus tindran en Tetis sota vigilància permanent. És possible que al final tot això només sigui foc d'encenalls, però ara mateix és l'única escletxa per on pot entrar una mica de llum.

—Tinc bona relació amb el director tècnic dels serveis de la cadena. Li truco i de seguida et dic alguna cosa.

Em truca al cap de deu minuts.

—Quan ha sentit el que li deia, li ha agafat un mal de ventre. Ve ara mateix per parlar-ne.

—Avisa'm de seguida que arribi. Prefereixo parlar-hi al teu despatx. Si el portem al meu, potser s'ho prendrà com un interrogatori oficial i es tancarà en banda.

En menys d'una hora, en Velidis m'anuncia l'arribada del cap dels serveis tècnics. Vaig al seu despatx, on m'espera un home d'uns cinquanta anys. Es diu Kiriakos Dutsis.

—El senyor Velidis m'ha espantat amb el que m'ha dit per telèfon —em declara quan seiem.

—¿Què en pensa, de l'Andreas Tetis? —li pregunto.

—En Tetis fa uns quinze mesos que treballa al departament. És eficient, fa bé la seva feina i la seva relació amb la resta de companys és la típica. Diuen que té un caràcter reservat.

—¿Creus que pot haver estat ell qui es va colar a les xarxes socials? —li pregunta en Velidis.

En Dutsis és categòric:

—Impossible. Primer, perquè vam revisar el sistema informàtic de dalt a baix i no vam descobrir el més petit indici que l'atac sortís dels nostres ordinadors. Segon, no s'hauria atrevit a fer-ho perquè l'hauríem denunciat i hauria hagut de defensar-se davant de la policia. —Fa una pausa—. L'únic que no puc descartar és que donés informació als autors. Si és així, aleshores és possible que també n'hagi donat d'altres canals. A partir d'aquí, per a un *hacker* bloquejar tots els sistemes de la xarxa i accedir-hi és bufar i fer ampolles. La qüestió és què podem fer per saber del cert si hi està involucrat o no —ens suggereix als dos.

—Vigilar-lo amb discreció, sense que se n'adoni —li

dic—. Nosaltres organitzarem el seguiment fora del lloc de treball. Però vagi amb compte. Només vostè pot saber que l'estem seguint. Si es filtra i li arriba, aleshores haurem begut oli.

—A part de mi, l'únic que ho sabrà és el director de la cadena.

—Ell tampoc. Ningú —li repeteix en Velidis.

En Dutsis el mira incòmode.

—Sí, però si mai se n'assabenta el director, tindré problemes.

—Li dirà que rebia ordres de la policia de mantenir la vigilància en absolut secret i, si cal, que vingui a parlar amb mi —li dic—. Així sabrà que les ordres venien de dalt de tot, del Ministeri.

La meva seguretat sembla tranquil·litzar-lo.

—Estarem en contacte —li diu en Velidis, i li dona el seu número de mòbil.

—Gràcies per la col·laboració —li dic quan ens acomiadem.

—Tant de bo no hi estigui implicat i que tots ens puguem calmar —ens respon en Dutsis.

No crec, però, que en surti res, de dins de la cadena. Les meves esperances estan dipositades en el seguiment que farem d'en Tetis fora de la feina.

31

Fa molts anys que en Dermitzakis i jo treballem junts i sap que no funciono si no em prenc el meu cafè del matí. Probablement, per això ha esperat que fossin les deu tocades per venir i posar-me al dia.

—Vam organitzar el seguiment d'en Tetis i ahir al vespre vam fer la primera ronda —em diu—. Viu al carrer Khrisanthemon a Zografou. Prèviament vam esbrinar que no està casat. Després vam començar la vigilància apostats davant de casa seva. Va tornar sol cap a les deu i ja no en va sortir. Avui al matí hem estès la vigilància més enllà de la feina i hem posat en marxa un sistema de seguiment pel carrer, tant en cotxe com en moto, per si es mou per la ciutat.

—¿Com va arribar a casa seva?

—En cotxe, en un Toyota.

—¿Qui supervisava el seguiment? —li pregunto.

—L'Askalidis i jo.

—Perfecte. Digues a la Kula i a en Dervísoglu que vinguin al meu despatx.

Apareixen immediatament.

—¿En què podem ajudar? —em pregunta la Kula amb un somriure, quan seu.

—Vull que entris al compte d'internet de l'Andreas Tetis

i esbrinis amb qui parla i intercanvia opinions. No ens interessen els contactes professionals, només els personals, especialment aquells amb qui discuteixi, si ho fa, de política i de temes relacionats amb la pandèmia. Fes una llista dels contactes més interessants i en tornem a parlar.

La Kula marxa i em giro cap a en Dervísoglu.

—Fotis, ¿sabem qui va llançar les octavetes a Peristeri, després del suïcidi d'en Kortidis?

Em mira amb cara de sorpresa.

—Si no m'erro vam arribar a la conclusió que els propietaris dels establiments de restauració afectats pel tancament.

—Això és el que ens vam creure aleshores tots, jo inclòs. Ara, però, som davant d'una organització terrorista que assassina i ataca carregaments de vacunes. ¿Com podem estar segurs que qui va llançar les octavetes no forma part dels combatents del 2021? Així que vull que tornis a pentinar el barri i miris d'esbrinar l'edat dels que van llançar els pamflets. Sé que no serà fàcil amb els locals tancats, però almenys provem-ho.

—Quan deia acció immediata, ¿es referia a això? —em diu i esclata a riure.

La idea se m'ha acudit aquest matí de camí a Prefectura. Hem anat a les palpentes fins ara, que tenim la pista de l'Andreas Tetis. Però, ¿per què només en Tetis? És possible que hi hagi joves implicats en l'organització fins i tot després del suïcidi d'en Kortidis a Peristeri, però sobretot en el cas d'en Meletis Rodàs, per part dels seus antics alumnes. El cas Rodàs presenta sens dubte les possibilitats més grans, d'una banda pels alumnes, però també perquè era una persona molt estimada.

Com que en Dermitzakis i l'Askalidis s'han fet càrrec del seguiment d'en Tetis, i en Dervísoglu de la investigació a Peristeri, l'únic disponible per al suïcidi d'en Rodàs soc jo.

Recordo la conversa que vaig tenir amb el matrimoni que vivia a l'apartament de sobre del difunt i decideixo començar per aquí.

Baixo amb el cotxe per Alexandras, agafo Iulianu i des d'allà giro cap a l'avinguda Akharnon. Sembla que el trànsit que em sol treure de polleguera comença a Kifisiàs, l'avinguda del Mediterrani i Vasilisis Sofias cap al centre. En canvi a Iulianu i a Akharnon hi ha poc trànsit i arribo ràpidament a destí, que és la cantonada d'Akharnon amb Sant Melétios.

De sobte m'adono que no recordo el nom del matrimoni amb qui vaig parlar. M'enfado amb mi mateix i em veig obligat a trucar un timbre a l'atzar. Em respon una veu de dona. Li explico qui soc i on vull anar.

—Ah, sí, a cals Sergakis —em diu, i m'obre la porta.

La senyora Sergakis em reconeix immediatament. Em fa passar a la sala d'estar i allà trobo el marit.

—Ens vam conèixer en circumstàncies poc agradables —els dic—. Però avui no he vingut a fer-los preguntes, sinó a demanar-los ajuda. Com segurament deuen saber, després dels suïcidis s'han produït assassinats i destrucció de vacunes per part d'un grup terrorista. Aquests grups solen estar formats per gent més aviat jove. Així que els he vingut a preguntar si coneixen alguns dels alumnes d'en Meletis Rodàs i ens en poden donar informació.

Acabo de parlar i la parella roman en silenci. Els deixo que s'ho rumiïn amb calma.

—En Meletis Rodàs va deixar d'ensenyar a l'acadèmia ja fa vint-i-cinc anys, si no ho recordo malament —em comenta la senyora Sergakis—. Per descomptat, després i durant uns quants anys va continuar fent classes particulars a casa. Però fins i tot això feia anys que ja no ho feia.

—La majoria dels seus estudiants actualment deuen tenir

entre trenta-cinc i quaranta anys —afegeix el marit—. Com l'Anna, la nostra filla, que en té quaranta-dos, casada i amb un fill.

—De totes maneres, si vol també pot parlar amb ella. Potser li pot dir alguna cosa més —em diu ella, i em dona el número de mòbil de la filla.

—Pregunti-l'hi, però no crec que en tregui res —em diu la senyora Sergakis—. Els amics actuals de la nostra filla són gent de la feina. No crec que hagi mantingut cap contacte amb els antics companys de l'acadèmia.

Agafo el número de la filla, tot i que crec que no el necessitaré.

—Gràcies per la informació que m'ha proporcionat —li dic, i m'acomiado.

De tornada reflexiono sobre el que m'han dit. En primer lloc, quan parlem de terroristes, no hi ha límit d'edat. Els que van veure els testimonis a Santa Bàrbara, els de les motos, possiblement tenen uns trenta anys. D'altra banda, és possible que els executors dels crims siguin més joves i que els cervells que planegen els atacs, més grans. A més, la identificació de l'edat exacta dels participants es veu dificultada per l'ús de la mascareta.

Decideixo esperar els resultats de la investigació d'en Dervísoglu i del seguiment a l'Andreas Tetis abans de decidir els passos següents.

Quan arribo al despatx, la Stel·la m'informa que en Dermitzakis em busca. Li truco de seguida.

—No és res important. Només una informació per començar amb bon peu —em diu—. Aquest matí, en Tetis ha sortit de casa amb una dona. S'han separat a la sortida de l'edifici d'apartaments i en Tetis li ha dit: «Adeu, mare. Ens veurem al vespre».

—Això vol dir que viu amb els seus pares.

—Exacte. Encara no sabem si el pare també hi viu, però ho sabrem aviat.

—Molt bé. Per alguna cosa es comença —li dic content.

Ara he d'esperar la informació que em porti en Dervísoglu. Mentre m'espero, penso si no hauria de posar al dia el sotsdirector, però de moment ho deixo per més tard. Primer vull tenir tota la informació que em pugui aportar el meu home. A més, tot això no l'hi puc explicar per telèfon. Hauré d'anar al ministeri.

En Dervísoglu torna al cap d'una hora. Per la cara que fa, dedueixo que no ha descobert res de valor.

—Un altre cop el mateix problema de les botigues tancades —em diu com a introducció—. Del recorregut que he fet pels quioscs i per algunes botigues d'alimentació, he sabut que hi ha dos propietaris de locals de restauració que encara tenen fills que van a l'institut. N'hi ha un tercer que té un fill que estudia fora d'Atenes. Qui m'ha proporcionat la informació no està segur de si el noi estudia a Tessalònica o a Komotiní. Sigui com sigui, ara és aquí, perquè les classes es fan en línia.

No té sentit que perdi més el temps. Decideixo seguir endavant i informar els meus superiors. M'asseguro que estiguin disponibles i pujo a una patrulla perquè no vull perdre temps amb el meu cotxe.

Començo el meu report, però el sotsdirector m'interromp al moment i em diu que és millor que el director també ho senti.

Començo de nou l'informe, ara també en presència del director.

Quan acabo, tots dos em miren sorpresos. A continuació es produeix la pregunta que estava esperant sobre com va començar la meva relació amb en Khardakos.

—I a nosaltres, ¿per què no ens va dir res de tot això, comissari? —em pregunta el director, evidentment molest.

Tinc preparada la resposta.

—Tinc un amic íntim, un antic militant d'esquerres, senyor director. Abans de visitar en Khardakos, li vaig demanar la seva opinió sobre quina era la millor manera d'abordar-lo perquè acceptés parlar amb mi. El meu amic em va recomanar que li fes una visita privada. Em va advertir que si en Khardakos sospitava cap implicació policial, es tancaria en banda i no aconseguiria res. Vaig pensar que, si ho feia, no podria fer-lo parlar. De fet no hi havia càrrecs contra ell. Per això vaig preferir mantenir el contacte amb en Khardakos de forma extraoficial.

El sotsdirector s'afanya a donar-me suport.

—El comissari té raó. Sé per pròpia experiència que quan un vell militant d'esquerres se sent pressionat, no hi ha res que li faci badar boca.

El director sembla convençut.

—¿I quin pla tenim?

Els exposo tots els moviments que hem dut a terme des del matí.

—Personalment, les meves esperances se centren en el seguiment d'en Tetis. Estic quasi segur que va coordinar les ingerències informàtiques a la xarxa. De manera que en deu conèixer els autors materials i hi deu mantenir contacte directe. Si la meva teoria es verifica, aleshores estic convençut que el seguiment donarà resultats.

L'ambient ha millorat i ens acomiadem amb la promesa que a partir d'ara estarem en contacte permanent.

Tinc els nervis destrossats i necessito relaxar-me una mica amb urgència. Des del cotxe patrulla truco a la meva dona per dir-li que al vespre estic lliure i que, si vol, pot convidar la Melpo.

La seva resposta m'enxampa ja al despatx. Em diu que la Melpo està entusiasmada amb la invitació i que m'espera a l'asil perquè l'acompanyi a casa de la nostra filla.

32

La Melpo és a l'entrada de l'asil amb els ulls clavats al carrer i un somriure beatífic. Al pas que porto, entre l'asil i la casa de la Katerina hi establiré un servei de lliurament a domicili, perquè després d'en Zisis, la que puja al cotxe amb bosses és la Melpo.

—¿Com anem, Melpo? Fa segles que no ens veiem —li dic per trencar el gel.

—¿Com vol que vagi, senyor Kharitos? Un passeig al matí o la tarda, i la resta del dia, sempre tancada a l'asil. —Fa una pausa com si rumiés alguna cosa i després continua—: Tots aquests anys hem sentit les històries del senyor Lambros sobre ser d'esquerres i el que ha patit per culpa del poder establert. Ara, amb la pandèmia, el senyor Lambros s'ha convertit en poder i nosaltres en l'esquerra.

Em giro sorprès i la miro.

—¿Per què ho dius?

—¿Què puc dir, si no? El Govern permet un passeig al dia només per fer exercici, igual que fa el senyor Lambros. El Govern va tancar els restaurants, el senyor Lambros va tancar la cantina. Ja em dirà vostè si això no és un calc del poder.

No li dic res, només ric.

—I com que el senyor Lambros s'ha convertit en el poder establert, nosaltres hem esdevingut l'esquerra. Ahir vam fer una concentració de protesta a l'asil per exigir que s'obri la cantina.

—¿I ho vau aconseguir?

—El senyor Lambros va haver de cedir a la pressió i va acceptar negociar. Vam acordar reobrir la cantina, però permetent només l'entrada als residents, dues habitacions alhora com a màxim i només durant noranta minuts, amb mascareta i mantenint les distàncies. —Es posa a riure—. El senyor Lambros ha conegut la derrota del poder i nosaltres el triomf de l'esquerra.

—¿I quan obre la cantina?

—Dilluns que ve. Primer farem una neteja en profunditat i després l'obrirem.

Amb aquesta agradable conversa i enmig de rialles arribem a casa de la meva filla sense adonar-nos-en. Ens obre l'Adrianí. Quan veu la Melpo, s'emociona tant que s'oblida de les precaucions i se li llança als braços.

—¿On és el meu Lambros? —és la primera pregunta de la Melpo, però immediatament es conté—. No, primer em canvio i després el vaig a veure.

—No saps com m'alegro de veure-la —em diu l'Adrianí, quan la Melpo va a canviar-se.

—Ni que ho diguis. Ja he vist què n'has fet, de les mesures de precaució.

—Després diuen que les dones tenim una llengua viperina —em respon amb menyspreu.

La Melpo torna amb una nova indumentària i una bossa de plàstic. Anem tots junts a l'habitació d'en Lambros, on ens espera la família de la meva filla. La Melpo els veu, però no els para atenció perquè de seguida corre cap a la criatura. S'atura davant seu i el mira amb orgull.

—¡Lambros, reiet, com has crescut! —diu amb admiració—. ¿Que no em coneixes? Soc la Melpo. —El nen al principi la mira desconcertat i després fa una passa enrere—. No m'ha conegut —diu la Melpo, decebuda.

—Treu-te la mascareta —li diu en Fanis.

—¡Fanis! —diu l'Adrianí amb reprovació.

Tanmateix, en Fanis la ignora.

—Treu-te la mascareta, que et vegi la cara. Després te'n donaré una de neta perquè te la posis.

La Melpo es treu la mascareta.

—¿Em coneixes, ara? —li pregunta, mentre li fa una moixaina. En Lambros se la mira una mica encara i després somriu—. ¡M'ha reconegut! —crida emocionada la dona—. ¡Lambros, reiet meu, m'has reconegut! —Ara que ha recuperat la relació amb en Lambros, s'adreça també als pares de la criatura—: ¡Que contenta que estic de veure-us, després de tants mesos! No sabeu com he trobat a faltar en Lambros i a vosaltres.

—Nosaltres també t'hem trobat a faltar, Melpo —li diu la Katerina—. Igual que hem trobat a faltar els teus deliciosos menjars.

—Com que no us podia cuinar, us he portat una altra cosa —li respon la Melpo i treu de la bossa un paquet embolicat amb paper de plata. L'obre i li ensenya.

—¿Què és això? —li pregunta la Katerina.

—¡Pasta frola! —crida en Fanis, entusiasmat—. ¿Has fet pasta frola? ¿De debò no és cap broma?

—També he portat això per al nen —diu, i treu de la bossa una gorra bicolor, blava i blanca—. Perquè l'hi posis a l'hivern i no es refredi.

L'Adrianí li posa la gorra a en Lambros.

—¡Quina preciositat! —exclama amb admiració.

La Katerina porta un mirall i la meva dona l'hi posa al davant.

—Mira que bé que et queda.

En Lambros es mira al mirall. Després es treu la gorra i la fa girar entre les mans. Se la vol tornar a posar, però no ho aconsegueix. L'Adrianí l'ajuda i el nen es torna a mirar al mirall. Al final, l'Adrianí li treu la gorra.

—La gorra és per anar a passejar —li explica.

Passem tots a la sala d'estar. En Fanis porta una mascareta a la Melpo. Se la posa, s'asseu en Lambros a la falda, s'hi inclina i li xiuxiueja:

—¡Reietó meu! —Aleshores es gira cap a nosaltres—. Avui hem derrotat el coronavirus —declara emocionada.

La Katerina mira el rellotge i marxa a preparar el menjar d'en Lambros. Torna amb el plat i es disposa a agafar el nen, però la Melpo se li avança.

—¿Puc donar-li el menjar?

La Katerina li ensenya la taula. La Melpo l'asseu a la cadireta, però, abans de començar l'àpat, li explica un conte.

—Això és el que sempre li feia quan l'hi donava —ens explica.

En Lambros obre la boca per engolir el menjar, però té els ulls i les orelles atentes a la mainadera, que continua amb el conte a cada cullerada. La resta ens hem quedat callats i contemplem l'escena.

Quan s'acaba el sopar, la Katerina agafa el nen per portar-lo a fer nones. La Melpo deixa escapar un profund sospir de satisfacció.

—¡Finalment un moment d'alegria després de tants mesos! —exclama.

L'Adrianí es prepara per anar a la cuina, la Melpo se n'adona i fa per aixecar-se, però la meva dona l'atura.

—No, avui la convidada ets tu.

L'Adrianí porta el menjar just quan torna la Katerina. Ha fet bacallà fresc amb allioli i verdura.

—¿Bacallà? —crida la Melpo, entusiasmada, quan seiem a taula—. ¡Que bé, Adrianí, no saps quant fa que no menjo peix! —m'explica.

—¿No mengeu peix, a l'asil? —li pregunto.

—El senyor Lambros no en compra perquè el peix és car i no vol sortir del pressupost en aquests temps difícils —m'explica.

—El bacallà amb allioli és molt saborós, però té un inconvenient —diu en Fanis.

—¿Quin inconvenient? —diu la meva dona, que no se'n sap avenir.

—Després no pots menjar pasta frola. M'hauré d'esperar fins demà al matí per esmorzar.

—Primer els *kurabiés,* ara la pasta frola. Melpo, si ja tinc un fill llaminer, amb els dolços que ens portes el meu home acabarà igual —li diu la Katerina rient.

La Melpo insisteix a ajudar l'Adrianí a desparar taula juntes. En acabar, seiem una horeta més, parlant una mica de tot, sobretot de coses agradables per relaxar-nos. Quan ens preparem per tocar el dos, la Melpo demana veure una vegada més la criatura, ara que dorm.

—Un àngel, sembla un angelet —ens diu emocionada quan torna—. Us vull demanar un favor.

—¿Quin? —li pregunta la Katerina.

—Quan tot això s'acabi, vull que porteu en Lambros a l'asil perquè el conegui.

—D'acord, l'hi portarem. Te'n dono paraula —li promet la Katerina.

Tornem amb la Melpo, que no hi cap d'alegria.

—Li diré al senyor Lambros que bé que ens ho hem passat perquè estigui una mica gelós —ens diu.

—Feia mesos no només que no vèiem la Melpo, sinó que no gaudíem de la companyia d'una vella amiga —diu l'Adrianí—. De poc que no em poso a cantar cançons d'amistat.

—No sabia que t'agradava cantar.

—No, perquè desentono. Però hi ha excepcions —em respon.

L'alegria també és meva. Després de la tensió permanent dels últims dies, era el que necessitava per relaxar-me. Estic segur que aquesta nit gaudiré d'un son plàcid.

La meva predicció es fa realitat.

33

Avui en Dermitzakis no deixa ni que m'acabi el cafè. S'ha apostat a la porta del despatx de la meva secretària esperant la meva arribada.

—Tenim bones notícies —m'anuncia.

És el primer cop que sento l'expressió «bones notícies» en aquest cas.

—Vine a explicar-m'ho —li dic, i continuo quan seiem—: Tu diràs. T'escolto.

—Ahir, després de sortir de la feina a la televisió, en Tetis es va trobar amb dos paios que conduïen motos. L'un portava una Yamaha i l'altre una Suzuki. Ja hem comprovat que són idèntiques a les motos que van identificar els residents i el conductor de la furgoneta a Santa Bàrbara.

—¿On es van trobar?

—¿Vol que faci venir els dos agents que van fer el seguiment perquè l'hi diguin ells mateixos, comissari? S'esperen a baix, al meu despatx.

—¿I m'ho preguntes?

Agafa el telèfon i aviat apareixen dos joves agents de policia de paisà, acompanyats per l'Askalidis, i tots junts ens traslladem a la taula de reunions.

—Digueu al sotsdirector què vau veure ahir al vespre —els diu en Dermitzakis.

—En Tetis va sortir de la feina cap a les sis —em diu el primer—. Va pujar al seu cotxe i va enfilar cap a Zografou, però no va entrar al carrer on viu, sinó que va continuar endavant i va aparcar a Herois del Politècnic. Al cap de poc van arribar dos homes amb moto. Un conduïa una Yamaha i l'altre una Suzuki. Eren idèntiques a les que ens havia mostrat el sotsinspector Dermitzakis. Les van deixar aparcades una mica més enllà, van entrar al cotxe d'en Tetis i es van posar a parlar. Nosaltres ens vam situar al vestíbul de la residència d'estudiants per observar-los de lluny. La conversa va durar aproximadament una hora. Després els dos homes van tocar el dos i en Tetis va marxar a casa seva.

—¿Quants anys tenien? —els pregunto.

—El primer en devia tenir uns trenta. L'altre era més gran —em contesta el segon agent.

De seguida truco a en Dimitriu.

—T'envio dos agents que és possible que hagin reconegut dos dels que van actuar a Santa Bàrbara per les motos que conduïen —li dic—. Un portava una Yamaha i l'altre una Suzuki. Vull que inicieu una investigació per esbrinar qui són els propietaris d'aquestes motos i si coincideixen amb l'edat dels dos sospitosos. Després mireu a veure si els reconeixen per les fotos del carnet de conduir o del document d'identitat.

L'Askalidis marxa amb els dos agents i jo li pregunto a en Dermitzakis:

—¿Qui vigila en Tetis, ara?

—Els del torn del matí.

Arriba el moment de la Kula. Sap per què l'he fet venir i es presenta amb la llista de posts penjats al Facebook del sospitós.

—La majoria dels missatges són amb els seus companys d'altres canals de televisió —m'explica.

—¿Hi ha cap missatge que parli de trobar-se amb amics ahir al vespre?

—No, res d'això. He trobat missatges i converses amb amics seus, però a primera vista són anodins.

—Bé, continua mirant el compte d'en Tetis i, si hi veus res estrany, informa-me'n de seguida.

Quan la Kula toca el dos, se m'acudeix una cosa que, ¡mira que soc ruc!, se m'hauria d'haver acudit abans. Convoco de nou en Dermitzakis i en Dervísoglu.

—La trobada d'en Tetis amb els dos de les motos és possible que estigui relacionada amb un nou cop —els explico—. Vull que contacteu immediatament amb el centre de distribució de vacunes per saber on es distribuiran avui i demà, i si hi ha canvis en el programa de vacunació. Si hi ha canvis, que ens enviïn urgentment la nova llista per remetre-la al Ministeri i que organitzin la cobertura del transport.

A continuació truco al sotsdirector i l'informo dels resultats del seguiment.

—Aquest és el segon pas endavant després del de l'empleat del canal de televisió —em diu feliç—. Espero que aviat fem el pas decisiu.

No li segueixo la veta, prefereixo transmetre-li la preocupació que tinc per un possible nou cop.

—No crec que avui passi res, perquè els trasllats de les vacunes es fan d'hora i fins ara no hem rebut cap senyal de perill —li asseguro—. Li enviaré la relació dels transports de demà perquè el risc pot ser més gran.

En Dermitzakis m'informa al cap de poc que ha enviat la llista de distribucions al Ministeri. Fet això, entrem en compàs d'espera en tots els fronts.

El més important ara, a banda de les mesures d'intervenció immediata que prengui el Ministeri, és la identificació dels dos motoristes. Si n'aconseguim les dades, serà molt més fàcil desarticular l'organització terrorista dels combatents del 2021.

L'espera, quan el resultat és incert, et destrossa els nervis. No saps si acabaràs veient la llum al final del túnel o si continuaràs a les fosques. El pitjor és que jugues amb el desavantatge del temps perquè en qualsevol moment pot passar alguna cosa que et comporti més problemes i et dificulti la investigació.

Per sort, les meves pors resulten infundades perquè una mica més d'una hora més tard la porta del despatx s'obre i hi irromp el trio format per en Dermitzakis, l'Askalidis i en Dervísoglu.

—Els han reconegut —m'anuncia l'Askalidis amb aire triomfal, mentre fa una ullada al paper que té a les mans—. El de la Yamaha es diu Klearkhos Nasis, i el de la Suzuki és en Nikos Retsas.

Respiro profundament perquè acabem de fer un gran pas.

—¿On són la parella d'agents que feia el seguiment? —pregunto.

—Han anat a descansar abans del torn de nit —m'informa en Dervísoglu.

—No vull que els perdem de vista ni un moment —els adverteixo—. Si cal, augmentem el nombre d'agents per ferne el seguiment.

—¿Els portem a Prefectura per interrogar-los? —em pregunta en Dermitzakis.

—No, encara és aviat. Sabem segur que el cercle dels atacants és més gran. Si els portem per interrogar-los, la notícia s'escamparà i permetrà als altres fer-se fonedissos. La lògica diu que continuem el seguiment, potser així aconseguirem enxampar el cercle sencer.

Quan el meu equip se'n va, de seguida truco a en Velidis per informar-lo. Li demano que localitzi els comptes d'en

Nasis i d'en Retsas a Facebook i que els investigui en relació amb el d'en Tetis. En el cas que hi trobi indicis d'un possible nou atac, que avisi immediatament.

A continuació truco a la Kula. No dubto de les habilitats d'en Velidis, però prefereixo assegurar-me'n del tot amb un membre de la meva unitat. La por guarda la vinya, que diria l'Adrianí.

—Primer faré un control, a veure si hi ha cap comunicació prèvia entre ells, i després continuaré —em diu.

El sotsdirector sembla que em té reservada una sorpresa.

—Ara li anava a trucar, però se m'ha avançat vostè.

—¿Ha passat res? —pregunto intranquil.

—Sí, a Oropós han intentat el mateix que a Aspropirgos. De sobte han aparegut tres motos i han començat a molestar la furgoneta com en l'anterior cas. Aquest cop, però, el conductor estava previngut i de seguida ha trucat a la policia d'Oropós. Quan els assaltants han vist els cotxes patrulla, han fet mitja volta i han desaparegut entre camps i camins de carro.

—¿El conductor recorda la marca de les motos? —li pregunto.

—No ho sé, però n'hi dono el telèfon perquè hi contacti.

Anoto el número de telèfon del conductor i tot seguit l'informo dels darrers esdeveniments.

—Això és una gran notícia —em diu—. ¿Els pensa portar a declarar?

Li dono la mateixa explicació que a en Dermitzakis.

—Ara per ara, prefereixo tenir-los sota vigilància permanent i identificar la resta d'implicats.

Pengem i dono a en Dermitzakis el número de telèfon del conductor perquè hi parli.

Em truca al cap de poc.

—De nou una Yamaha i una Suzuki, però aquest cop hi ha una tercera bona notícia.

—¿De què es tracta?

—El conductor de la furgoneta està segur que la tercera moto era una BMW.

—Truca als de la Científica perquè investiguin els propietaris de BMW que tinguin més o menys l'edat d'en Nasis i en Retsas —li dic.

De sobte, la investigació ha començat a agafar velocitat i tot són motius per estar content.

34

Passa sovint que em desperten de nit, enmig del son, i he de sortir al carrer per una emergència, però poques vegades que m'interrompin mentre sopo. Aquesta és una d'aquestes rares vegades.

Estem gaudint del sopar en família quan em sona el mòbil.

—Li truco perquè els que segueixen en Nasis i en Retsas ens han informat —sento la veu d'en Dermitzakis— que, ara mateix, els dos sospitosos ronden amb les motos pels carrers Limasol i Papagu, acompanyats de dos més. Un porta una BMW, mentre que l'altre va de paquet amb en Nasis.

M'aixeco de la taula per parlar amb més comoditat.

—¿Hi ha cap indici que planegin un atac?

—Hem investigat i hem descobert que al carrer Limasol hi viu un conegut pneumòleg, l'Apostolos Ferekis —m'explica.

No cal que em digui res més.

—Vinc ara mateix.

—Estem a l'avinguda Papagu, als límits dels jardinets.

Torno a taula i els informo. El problema és com tornarà l'Adrianí a casa.

—¿Pots portar-la tu? —pregunto a en Fanis.

—No pateixis. Avui dormiré aquí —em diu l'Adrianí.

Em sembla bé perquè a mi m'espera una llarga nit de vetlla. Pujo al Seat i poso el navegador per no confondre'm i arribar amb retard.

Probablement en Dermitzakis té raó. L'explicació és senzilla. L'intent de destruir vacunes a Oropós no els ha sortit bé. Al contrari, ja han vist que hem organitzat els lliuraments de vacunes amb cobertura policial. Això sens dubte els ha empès a una altra temptativa d'assassinat, com en el cas d'en Dimakis. Per descomptat, tot això pertany a l'àmbit de la teoria. Potser al final no passa res i intenten un nou atac quan trobin l'oportunitat adequada.

S'acosta l'hora del toc de queda i augmenta el trànsit. El navegador em fa girar per l'avinguda del Mediterrani fins a la de Xipre. Arribo a una cruïlla i des d'allà entro al carrer Papagu.

Amb la mirada distingeixo en Dermitzakis i en Dervísoglu als jardinets, a tocar del carrer. Aparco a Papagu i m'hi apropo.

—¿Hi ha novetats?

—En Ferekis encara no ha tornat. Hem fet una sèrie de trucades i hem sabut que és en una reunió d'urgència del Comitè d'Experts de Protecció Civil —m'informa en Dervísoglu—. Els tres motoristes han estat fent voltes per la zona i han desaparegut. No sabem on són i no hem volgut seguir-los per no aixecar sospites. Només controlem l'edifici d'apartaments on viu en Ferekis.

Estic a punt de dir-los que la por guarda la vinya i que ens hem preocupat sense motiu, però m'interromp l'arribada de l'Askalidis.

—Ha passat una cosa estranya —ens comunica—. La comissaria de policia ha rebut una denúncia que al carrer Tepeleniu, paral·lel a Limasol, hi havia una festa il·legal. Els agents han anat a veure què passava per si calia avisar els d'Antiavalots.

—¿Ha tornat en Ferekis? —li pregunta en Dervísoglu.

—Encara no.

—Que ningú es mogui del lloc —dic amb to imperatiu—. És possible que la festa il·legal sigui una distracció per cridar la nostra atenció. I augmenteu la vigilància tant com sigui possible. —Em giro cap a en Dermitzakis—. Truca immediatament al cap de la comissaria de Papagu, que no avisin encara els antiavalots. I si tenen proves que estan fent una festa il·legal, que els detinguin. És possible que pertanyin al grup i hem d'interrogar-los.

En Dermitzakis truca a la comissaria, mentre que l'Askalidis i en Dervísoglu tornen al carrer Limasol, a esperar l'arribada d'en Ferekis. En Dermitzakis i jo estem fets un manyoc de nervis de l'ansietat. D'una banda vull estar present sobre el terreny, però de l'altra em fa por que l'augment de presència policial desperti sospites i avortin l'intent.

Comença el temps d'espera i és un dels pitjors que he passat des que vaig entrar a Homicidis. La meva ansietat disminueix després d'una hora amb la trucada d'en Dervísoglu.

—Ho han intentat, però hem detingut els quatre autors. No se n'ha escapat cap —m'anuncia.

—Anem —dic a en Dermitzakis, mentre li transmeto el que m'acaba de dir en Dervísoglu.

Pugem al Seat i al cap d'un moment arribem al carrer Limasol, al lloc on s'ha produït l'intent d'assassinat.

Han tallat el trànsit amb un cotxe patrulla. Al bell mig del carrer hi ha un Citroën aturat i al davant un home d'uns cinquanta anys. El carrer està ple d'agents, entre ells l'Askalidis i en Dervísoglu.

L'Askalidis se'ns acosta amb un somriure d'orella a orella.

—Hem fet neteja. Hem detingut tot el quartet —ens explica, i després ens assenyala dues motos a la vorera, una Yamaha i una Suzuki. La BMW no es veu enlloc.

—És millor que el metge li digui com ha anat l'intent —afegeix, i ens assenyala el cinquantí davant del Citroën. Ens hi acostem i se'ns presenta com el doctor Apostolos Ferekis, pneumòleg.

—Expliqui'm com ha anat tot, doctor —li dic.

—M'he incorporat al carrer Limasol des de l'avinguda de la Defensa Nacional. El pis on visc amb la meva família és una mica més amunt. De sobte, mentre conduïa, he vist un home estirat de bocaterrosa enmig del carrer. —Ens mostra el punt exacte, una mica més enllà—. El primer pensament ha estat que tenia algun problema de salut. Això és el que qualsevol hauria imaginat, i encara més un metge. M'he aturat i he baixat a veure què passava. Mentre m'ajupia, l'home s'ha aixecat de cop. Al mateix temps he sentit un soroll darrere meu. Quan m'he girat he vist els seus homes amb dos encaputxats immobilitzats. Un portava una barra de ferro. El que fingia estar ferit ha sortit cames ajudeu-me quan ha vist els agents.

—També l'hem arrestat, comissari —em confirma l'Askalidis—. És el grassonet que havia vist la infermera abans de l'assalt a Santa Bàrbara.

—Gràcies, doctor —li dic a en Ferekis abans de continuar amb els meus homes—. Ja l'avisarem quan arribi l'hora de la declaració oficial.

—Exactament com a l'atac al conductor de la furgoneta a Santa Bàrbara —em diu en Dervísoglu.

—Això vol dir que segurament ho han hagut de preparar a correcuita, quan l'atac a la furgoneta de les vacunes a Oropós ha fracassat —li explico.

—Els hem detingut tots quatre —m'anuncia l'Askalidis—. No s'ha escapat ningú.

—Sí, però només veig la Yamaha i la Suzuki —observa en Dermitzakis—. Falta la BMW.

—L'hem trobat a Defensa Nacional —el tranquil·litza en Dervísoglu—. El quart, amb la BMW, vigilava per avisar els altres quan passés el cotxe d'en Ferekis.

—¿On els teniu ara? —pregunta en Dermitzakis.

—Cadascun dins d'un cotxe patrulla, emmanillats —li respon l'Askalidis.

—Els que estaven a la festa il·legal, que no marxin si no els hem agafat les dades personals. Estic segur que alguns d'ells pertanyen a l'organització —li dic.

—No es preocupi, comissari. Estan tots detinguts a l'espera que els identifiquin a la comissaria de Papagu —em tranquil·litza en Dervísoglu.

—Que també els requisin els mòbils per rastrejar-ne les trucades —diu en Dermitzakis—. Segurament hi trobarem informació útil.

—Ja ho hem fet —li assegura l'Askalidis.

—Felicitats. Heu fet una gran feina —els dic jo.

—Moltes gràcies, però també hem comès algun error —respon en Dervísoglu amb sinceritat—. No hem avisat ni el forense ni la Científica. Per sort, el forense no ha calgut, però potser la Científica ens hauria estat d'ajuda.

—No necessitem la Científica, sinó els de Delictes Informàtics —li explica en Dermitzakis—. Ells s'encarregaran del tractament de les dades dels telèfons mòbils.

—Aquí no ens queda res per fer. Feu que vingui un furgó per portar els quatre detinguts a Prefectura. Els hem d'interrogar immediatament.

Esperem fins que arriba el furgó i després marxem cap a Prefectura.

35

La idea va ser d'en Dermitzakis. Va proposar que els deixéssim una nit al calabós, perquè comencessin a ser conscients d'on eren, i interrogar-los al matí. Em va semblar que era una bona pensada i vaig estar-hi d'acord.

De manera que al final no em vaig veure privat del son; de fet, vaig tenir tot el llit per a mi. Normalment, només dormo sol a la cadira del despatx.

Ara són les nou del matí i estem tots asseguts al voltant de la taula de reunions. Ja tenim també les dades dels altres dos membres de l'organització. El de la BMW es diu Iiorgos Tsiapas i el còmplice que es va fer l'inconscient, Evànguelos Zakharidis.

—¿Què n'hem fet, dels mòbils? —pregunto.

—Ens els hem quedat a l'espera de les seves instruccions, comissari —em respon en Dervísoglu.

—El responsable és en Velidis. Per tant, que siguin ells que es posin en contacte amb les empreses de telefonia per seguir la pista dels contactes i de les decisions que prenien els detinguts. —Em giro cap a la Kula—. Ves amb en Velidis perquè vull que hi siguis present i hi col·laboris tant com calgui. Tu has seguit el curs de la investigació i és probable que trobis elements en les converses que siguin importants i que en Velidis no pugui avaluar.

Truco de seguida a en Velidis per no endarrerir-nos. Ens posem d'acord en tot i la Kula ens deixa per traslladar-se a les dependències de la Unitat de Delictes Informàtics.

—Nosaltres podem començar l'interrogatori —dic a la resta—. Com que la Kula té un altre encàrrec, la Stel·la es farà càrrec de transcriure les declaracions.

—¿Els interroguem tots junts? —em pregunta en Dermitzakis.

—No. Primer individualment i després, si cal, alguns o tots junts per veure les diferències i les contradiccions de les seves declaracions.

—¿Per qui comencem? —em pregunta l'Askalidis.

—Pel que es feia passar per ferit, en Zakharidis.

El grup se'n va i truco a la Stel·la per explicar-li la nova missió que li encomano. Quan em sent, per un moment perd l'oremus i em mira espantada i indecisa.

—Comissari, jo d'ordinadors en sé, però no tinc cap experiència a transcriure declaracions i em fa por ficar la pota i crear-li problemes després.

—No pateixis, que no ficaràs cap pota —la tranquil·litzo—. Si no tens temps d'escriure alguna cosa, ens ho dius i farem que l'interrogat repeteixi el que hagi dit.

La Stel·la agafa el portàtil i baixem junts a la sala d'interrogatoris, on ja hi ha en Zakharidis, assegut al bell mig, amb els meus homes al voltant i emmanillat. Deu tenir uns quaranta-cinc anys.

—Traieu-li les manilles —els ordeno.

L'Askalidis avisa el guàrdia que l'ha portat del calabós, que li treu les manilles. En Zakharidis es frega els canells.

—¿De què treballes? —li pregunto.

—Soc filòleg, però ara estic a l'atur —em respon—. Vaig fer classes en una acadèmia privada, però ara totes estan tancades per culpa de la pandèmia.

—¿I vas decidir convertir-te en actor? —li pregunto.

La pregunta el sorprèn.

—¿Per què m'he de convertir en actor?

—Per fer-te el desmaiat i deixar-te caure davant dels cotxes.

—Vaig tenir un mareig sobtat i vaig caure a terra. Després em vaig començar a recuperar. Quan el conductor se'm va acostar, ja em trobava millor i em vaig aixecar.

—Quina casualitat. Vas tenir el mateix mareig que a Santa Bàrbara, el dia de l'atac a la furgoneta amb les vacunes —li diu en Dermitzakis amb ironia.

L'home no s'esperava que sabéssim què havia passat amb la furgoneta davant del casal de joves i es queda desconcertat.

—A Santa Bàrbara hi vas anar amb la teva Suzuki per cremar les vacunes i tocar el dos més fàcilment. A Papagu vas anar-hi amb la Suzuki d'en Klearkhos Nasis per no cridar l'atenció circulant amb moltes motos —afegeix l'Askalidis.

—I abans de marejar-te, havies anat al centre de vacunacions de Santa Bàrbara per saber quan es posaven les vacunes. ¿Pensaves vacunar-te a Santa Bàrbara? —li pregunto. En Zakharidis de moment decideix no badar boca, o sigui que reprenc el meu discurs—. Escolta. Les evasives i els subterfugis no t'ajudaran gens —li dic—. Només empitjoraran la teva situació. Val més que ens diguis la veritat i no perdem el temps innecessàriament.

—¿Què vol que li digui? En Klearkhos és amic meu —em respon—. Em va demanar un favor, que em tirés a terra i em fes el marejat, i ho vaig fer. A banda d'això, no sé res més.

—I segur que tampoc vas veure com un dels teus matava amb una barra de ferro el conductor de la furgoneta —comenta irònicament l'Askalidis.

—I en l'assassinat del doctor Dimakis, que vau matar a Melisia amb un bloc de ciment de l'edifici en obres, ¿què hi feies? —li pregunta en Dermitzakis.

En Zakharidis nota com el nus s'estreny al seu voltant i recorre a l'única sortida que li queda.

—De tot això que m'imputen no diré ni una paraula si no és en presència del meu advocat.

—Nosaltres no t'imputem res. Has estat tu que t'ho has carregat solet a l'esquena. Us enviarem a la presència del jutge instructor amb l'acusació de doble complicitat en assassinat i intent d'assassinat. Allà et podràs defensar amb el teu advocat —li dic, i als meus homes—: Emporteu-vos-el.

L'Askalidis crida el guàrdia, que entra, emmanilla de nou el detingut i se l'emporta de la sala.

—¿Com va? —li pregunto a la Stel·la.

Em mira i somriu.

—Fins ara, tot bé.

—Si en algun moment t'encalles, ens interromps de seguida.

—¿De qui és el torn, ara? —em pregunta en Dermitzakis.

—El paio de la BMW —li responc—. Deixarem per al final en Nasis i en Retsas perquè hem de trobar la seva relació amb en Tetis.

En Iorgos Tsiapas, el conductor de la BMW, és un home fornit d'uns trenta anys. Ens mira amb menyspreu i somriu irònicament mentre el guàrdia li treu les manilles. L'Askalidis li indica on seure.

—¿A què et dediques, Tsiapas? —li pregunta en Dervísoglu.

—Soc repartidor a domicili, per mantenir la moto i no malvendre-la per un tros de pa. —S'atura i ens mira amb ironia—. ¿Per què ho pregunten? ¿Pensen oferir-me feina?

—Estalvia't les ironies i les bromes, que ara no toca —li dic bruscament—. Més val que pensis que t'esperen ben bé deu anys de presó.

—¿Per què he d'anar a la presó? Ahir no estava ni al lloc on es va produir el fet sobre el qual em volen interrogar.

—No hi eres perquè t'havies apostat a l'avinguda de la Defensa Nacional per alertar els teus còmplices quan passés el doctor Apostolos Ferekis amb el cotxe —li diu en Derví-soglu.

—I si això fos tot... —continua l'Askalidis—. Ahir al matí vau assetjar la furgoneta que transportava vacunes a la carretera d'Oropós.

—Molt bé, ¿i què? Posa'm una multa per conducció temerària —li respon en Tsiapas amb gosadia.

—No serà l'única, perquè vau fer el mateix a la furgoneta que transportava vacunes a Aspropirgos a la carretera de Corint a Atenes.

—D'acord, ens agrada la conducció perillosa i anar sobre una roda. Accepto que és il·legal, però això no és motiu per arrestar-me i fer-me passar la nit al calabós.

En Tsiapas és d'aquells que creuen que fent-se el milhomes la policia marxarà amb la cua entre les cames.

Decideixo posar fi a la seva actuació.

—Fins aquí les brometes i les ocurrències —li dic bruscament—. Al districte de Santa Bàrbara no hi vau anar a fer cavallets amb les motos, sinó per aconseguir informació dels residents sobre el centre de vacunació i els horaris d'arribada de les vacunes. I vau calar foc a la furgoneta dins del bosquet, davant del casal de joves, per cremar les vacunes. Pensàveu que el casal estava tancat, però a dins hi havia un guàrdia que us va veure. Com us va reconèixer també un resident del barri quan vau entrar a l'edifici en obres de Melisia per organitzar l'assassinat d'en Dimakis.

Ha decidit mostrar-se agosarat i desafiant fins al final.

—Vull veure qui són, aquests que diu que m'han reconegut...

—No tinguis cap dubte que no només els teus còmplices, sinó també els que van organitzar la festa il·legal com a distracció ahir a la nit, acabaran parlant per salvar la pell i t'inculparan —li diu en Dermitzakis.

El torno al calabós i demano a l'Askalidis que porti en Nasis i en Retsas.

—¿Els interrogarem junts? —em pregunta en Dermitzakis.

—Sí, perquè ahir van intentar assassinar el doctor Ferekis junts. Aquesta és una de les raons. L'altra és la seva relació amb en Tetis, que ens interessa per resoldre la qüestió dels comunicats a les xarxes després dels delictes.

La conversa s'acaba aquí i l'Askalidis li diu al guàrdia que porti els dos detinguts. L'agent els treu les manilles i s'asseuen amb l'Askalidis enmig d'ells.

—Ahir a la nit us vam arrestar mentre intentàveu assassinar el doctor Apostolos Ferekis al carrer Limasol, a Papagu —els dic—. I fins i tot amb la mateixa barra de ferro que vau fer servir en l'assassinat d'en Iorgos Lefkas, el conductor de la furgoneta que transportava les vacunes al centre de vacunació de Santa Bàrbara.

—La mort del conductor de la furgoneta va ser un accident —em respon en Retsas—. No volíem matar-lo, només volíem que perdés el coneixement. El nostre objectiu eren les vacunes, no el conductor.

—Encara que sigui com dius, el doctor Stathis Dimakis, el vau matar a propòsit a Melisia.

—No ho negueu, perquè alguns veïns de la zona van veure les vostres motos i un veí us va veure entrar a l'edifici abans del crim —els adverteix en Dermitzakis.

—El vam matar perquè feia propaganda a tort i a dret sobre la immunitat de ramat —li respon aquest cop en Nasis—. Per això mateix volíem matar en Ferekis, però se'ns van avançar.

—Vam voler destruir les vacunes dues vegades més, a Aspropirgos i a Oropós, però no ens en vam sortir —continua en Retsas—. A Oropós vam comprendre que la policia havia organitzat la protecció dels transports. Aleshores vam decidir atacar els metges.

—Almenys teniu el valor d'admetre les vostres accions —intervé en Dermitzakis—. Els vostres dos còmplices diuen que no saben de què els parlem i es fan els innocents. En Zakharidis ens ha dit primer que s'havia marejat i després que li vau demanar que fingís un desmai a Santa Bàrbara.

—I en Tsiapas ho nega tot i sosté que no trobarem ningú que el reconegui —continua en Dervísoglu.

—Tots dos menteixen —crida fora de si en Nasis—. Tots formem part d'aquest moviment.

La seva declaració és el tir de gràcia per a en Tsiapas.

—¿Per què ho vau fer, tot això?: dos assassinats, la destrucció de vacunes i els intents fallits —els pregunto.

—Perquè no volem convertir-nos en un ramat, com pretenen els que es van inventar el coronavirus i el van sembrar a tot arreu —em respon en Retsas—. Aquest és el seu objectiu, convertir-nos en un ramat d'ovelles amb les vacunes per poder dominar el món i disposar de la riquesa sense obstacles ni controls. I els dos metges eren els seus instruments.

En Nasis pren la paraula quan en Retsas acaba.

—No som assassins, som combatents.

—I no estem sols, som tota una organització —afegeix en Retsas.

—¿L'Andreas Tetis també pertany a l'organització? —els pregunto.

La pregunta els descol·loca i en un primer moment bescanvien una mirada de desconcert. Després tots dos es fan els ignorants.

—¿Quin Tetis? —em pregunta en Nasis fent-se l'innocent—. És el primer cop que sento aquest nom.

—Au va, no perdem el temps —els dic—. Fa dos dies us vau trobar amb ell a l'entrada del bosquet de Zografou. Ell va venir amb el seu cotxe, un Toyota, i vosaltres amb les motos. Vau pujar al cotxe i hi vau estar xerrant més d'una hora.

En Retsas es fa l'innocent.

—Ah, ¿et refereixes a aquest Tetis? És un amic nostre. Ens vam reunir per parlar i ens vam asseure al cotxe perquè els bars estan tancats, com ja sabeu.

—¿Us vau reunir simplement per parlar o per decidir com bloquejar les xarxes per difondre el vostre missatge? —Em miren sense paraules—. Sabem que l'Andreas Tetis treballa a la secció d'internet d'un canal de televisió —li explico—. Us estava ensenyant la manera de piratejar les xarxes i publicar els vostres comunicats.

—Heu admès la participació dels altres dos que estaven amb vosaltres en l'intent d'ahir al vespre, però heu intentat amagar-nos la persona que crèieu que no coneixíem. Per desgràcia, no us n'heu sortit —els diu en Dermitzakis.

Ara mateix no tenim més preguntes. Faig un gest a l'Askalidis perquè els enviï de nou als calabossos.

—¿No els interroguem tots quatre junts? —em pregunta en Dervísoglu.

—Encara no. Primer esperem a veure què surt de les trucades i converses telefòniques i després decidim. —Em giro cap a la Stel·la—. ¿Tot bé? —li pregunto.

—Em sembla que sí, però ¿li puc demanar un favor?

—Digues.

—¿Podria llegir també vostè la transcripció, per si m'he deixat alguna cosa?

—D'acord. Deixa-la al meu despatx i la llegiré demà al matí.

—¿Quan cridarem en Tetis a declarar? —em pregunta en Dermitzakis.

—Quan tinguem els resultats de la investigació dels telèfons dels sospitosos.

En aquest punt també s'acaba la meva resistència. Els dic que demà continuarem i ens aixequem.

És hora de relaxar-me amb el meu net.

36

La primera preocupació al matí i l'última al vespre, com se sol dir. Tan bon punt arribo a Prefectura a les nou, truco al sotsdirector i l'informo de l'evolució del cas. La seva alegria és tan gran que, si no tinguéssim el coronavirus, em convidaria a sopar.

—Podem anunciar als mitjans de comunicació que hem resolt el cas i n'hem detingut els culpables —em diu entusiasmat.

La meva objecció li talla les ales.

—No. Tinguem una mica més de paciència.

—¿Per què?

—Perquè és important conèixer el contingut de les trucades que van fer els detinguts des dels mòbils. Pot sorgir informació que requereixi una investigació addicional. L'hi faré saber de seguida, quan tinguem la informació completa de les trucades telefòniques.

La meva previsió es fa realitat quan la Kula entra al meu despatx amb un dossier sota el braç.

—Ahir ens vam deixar l'ànima treballant fins a la mitjanit, però avui al matí hem acabat la transcripció de les trucades telefòniques dels dos darrers dies entre els detinguts —m'informa.

—L'enhorabona. ¿Me'n pots fer cinc cèntims?

—Li he portat el fitxer sencer, comissari, però no cal que s'aturi en totes. De moment, n'hi ha prou de llegir les que van intercanviar els quatre detinguts i algú anomenat Khardakos.

Diu el nom i em mira, mentre faig un bot a la cadira.

—¿Khardakos has dit?

—Ho ha sentit bé.

—¿Pavlos o Andonis? —li pregunto.

—Andonis Khardakos —em respon. Deixa l'expedient davant meu i l'obre. Selecciona unes quantes pàgines impreses—. Aquestes són les trucades telefòniques d'ahir. Si vol, pot anar al dia abans.

El nom apareix al costat de cada conversa, però també el número de telèfon de la persona que truca. La primera trucada és d'en Nasis a l'Andonis Khardakos:

«La furgoneta acaba d'aparèixer i comencem l'espectacle».

«Bona sort», respon l'Andonis.

La segona és d'en Retsas:

«Hem fallat. Han tret el nas dos cotxes patrulla i ho hem deixat córrer».

Aproximadament una hora després, en Nasis pregunta a en Khardakos:

«¿Què fem? ¿Passem al pla B?».

La següent trucada és d'en Khardakos a en Nasis, a les 18.20:

«Podem actuar aquesta nit. La reunió del comitè continua i els mitjans diuen que encara va per llarg».

De moment no em cal perdre el temps llegint la resta de missatges. La nostra hipòtesi ha quedat confirmada. Van intentar destruir les vacunes, però els cotxes patrulla els ho van impedir. Aleshores van decidir continuar amb la solució alternativa, que va ser l'assassinat de l'epidemiòleg.

No tinc cap dubte que, quan llegim la resta de trucades, també confirmarem la implicació d'en Khardakos en els atacs precedents.

M'he quedat atònit. És com una broma pesada el dia dels innocents. L'avi Khardakos va ser el cervell del moviment suïcida. El net és el cervell de l'organització dels combatents del 2021.

Truco a en Dermitzakis i li demano que vingui amb tot l'equip al meu despatx.

—¿Sabem on viu l'Andonis Khardakos? —pregunto a la Kula.

Consulta els papers del dossier. El número de telèfon correspon al carrer Mesolongui 12, a Níkea.

—Tenim dues declaracions més per fer —els dic als tres, quan entren al despatx.

—L'un ja el coneixeu, és l'Andreas Tetis. L'altre és l'Andonis Khardakos, que viu a Mesolongui 12, a Níkea.

—¿Khardakos? —em pregunta en Dervísoglu, sorprès.

—Sí, el net d'en Pavlos Khardakos. De les trucades telefòniques se'n desprèn que pertany a l'organització de combatents del 2021. Vull que els porteu per interrogar-los, però sense que es posin en contacte entre ells. Que l'Askalidis vagi amb uns agents al canal de televisió i em portin en Tetis, i tu, Dervísoglu, porta'm en Khardakos. Els interrogarem per separat —dic a en Dermitzakis i a la Kula—. Primer, en Khardakos. En Tetis després, un cop ens haguem format una opinió amb l'interrogatori d'en Khardakos.

Quan marxen, torno a trucar al sotsdirector.

—L'instint no m'ha traït —li dic, i li faig un resum de les trucades. M'escolta i al final es queda atònit.

—Qui s'hauria imaginat que el net d'en Khardakos seria el cervell dels combatents del 2021. L'avi es va suïcidar sense saber que tenia un successor —em diu.

—L'hi faré saber sens falta quan acabem la investigació.

M'assec a l'escriptori i espero. Aquell darrer comentari d'en Khardakos, que els nostres nets també ens havien vençut, em tortura. Al cap d'una estona, em truca en Dermitzakis per dir-me que han portat en Khardakos a la sala d'interrogatoris.

Me'l trobo assegut entre en Dermitzakis i la Kula. Quan entro, em fa un somriure i em diu:

—Bon dia, comissari.

La primera impressió és que tinc al davant un jove tranquil i relaxat, que sembla no saber què li espera.

—Hem escoltat les trucades telefòniques que vas intercanviar amb els teus còmplices. Així que ja saps per què t'hem portat aquí —li dic com a introducció.

—Ja ho sé —em respon amb calma.

—¿Pots dir-me com vau començar l'organització de combatents del 2021 i per què vau posar les vacunes i els metges entre els objectius?

—Tot va començar amb el meu avi. L'estimava molt, el meu avi, comissari. Ja des de petit m'agradava estar amb ell i escoltar les seves històries sobre el partit i les lluites pels pobres i els oprimits. Quan vaig acabar l'institut, vaig seguir els consells del meu pare i vaig decidir estudiar programació informàtica. Però continuava veient l'avi i escoltava les seves històries. En algun moment em vaig adonar que m'havia equivocat. No hauria d'haver estudiat Informàtica, sinó Història. Ja era massa tard. L'únic que podia fer era dedicar-me de valent a l'estudi de la història en les meves hores lliures. Vaig intentar adquirir coneixements sobre les lluites que ens explicava l'avi, des de la Revolució Francesa fins als nostres dies. I amb allò, a través de l'estudi, vaig descobrir el sistema i el significat del ramat.

—¿Del ramat? —li pregunta estranyat en Dermitzakis—. ¿De quin ramat?

En Khardakos es gira i el mira.

—El ramat comença amb el colonialisme. ¿Què era la gent d'un país per a les potències colonials? Un ramat amb el qual podien fer el que volguessin. El mateix objectiu tenien les guerres. La Primera Guerra Mundial, la Segona i les altres guerres locals que van venir al darrere. ¿Què eren els exèrcits que van lluitar en aquestes guerres, sinó ramats? Un ramat matant l'altre. Al final de la guerra els exèrcits s'havien convertit en ramats de gent famolenca i els que havien encès l'espurna de la guerra s'havien fet d'or. Avui, que no existeix la possibilitat de grans guerres a causa de les armes de destrucció massiva, el grup de forces invisibles que encara domina i governa el món ha descobert els virus i ens fa creure que la solució és la immunitat de grup.

—Un moment —l'interromp en Dervísoglu—. El virus de la grip espanyola va aparèixer l'any 1918, l'últim any de la Primera Guerra Mundial.

—¿I com va començar? —li pregunta en Khardakos.

—Pels ocells, si no m'equivoco.

—Sí, igual que el coronavirus va començar a Wuhan pels animals —li respon en Khardakos amb ironia—. En el primer cas, la grip espanyola va acabar la feina feta per la guerra. En el segon ha substituït la guerra per la creació del ramat. I en ambdós casos els guanyadors eren i són els que es beneficien econòmicament i políticament de convertir-nos en ovelles.

—Per això vas decidir lluitar contra la immunitat de grup —li dic.

—Al principi, les històries del meu avi sobre el moviment d'esquerres em fascinaven —reconeix el jove—. Però a mesura que passaven els anys i estudiava la història, se'm van començar a plantejar preguntes i dubtes. ¿Quin era l'objectiu de la lluita del meu avi i dels seus camarades? Lluitar perquè el ramat guanyés uns quants diners més i menjar un tros de pa més gros. Però el mateix feia l'Església amb la caritat, i de fet amb més èxit. Perquè, fins i tot en els períodes en què els cops d'estat i les dictadures anorreaven moviments socials com el del meu avi, l'Església romania dempeus i continuava repartint caritat als pobres del ramat. I als països socialistes, que el meu avi admirava, la població també era un ramat. —Fa una pausa i continua—: El punt d'inflexió definitiu per a mi va ser la confabulació dels suïcides. Quan vaig veure en Begleris, en Kortidis i en Rodàs sacrificant el poc que els quedava de vida per mobilitzar la gent, vaig quedar del tot convençut de la inutilitat de la seva lluita i vaig decidir que la solució es trobava en un altre lloc.

—I així va ser com vas acabar liderant el moviment de combatents del 2021 —li dic.

—El moviment és col·lectiu. No en soc el cap, només el coordinador —em respon.

—¿T'adones que la teva confessió t'enviarà a la presó? —li dic, mentre em pregunto si és conscient del que li ve a sobre—. Potser no vas participar en la destrucció de vacunes ni en els assassinats, però eres el cervell que hi havia al darrere.

Em mira seriosament.

—Li he explicat des del primer moment que conec des de petit la història del meu avi i com l'estimava. Per tant, sé perfectament que una gran part de la seva vida se la va passar a l'exili i als camps de concentració. Els anys de presó que m'esperen seran carícies al costat de la persecució i la tortura que va patir ell. Potser fins i tot serà un homenatge a la seva memòria.

Em deixa sense paraules i ja no tinc res més a dir-li, excepte les qüestions legals.

—L'agent transcriurà la teva declaració i te la portarem perquè la llegeixis, per si hi vols afegir o canviar res —li dic.

—Tan aviat com estigui preparada —em respon.

Abans de marxar, acompanyat de l'Askalidis, es gira i em fa un últim somriure.

No em sento amb forces mentals ni anímiques per a un altre interrogatori. Em giro cap a en Dermitzakis.

—Feu-vos càrrec vosaltres de l'interrogatori de l'Andreas Tetis —els dic.

Pujo al despatx i truco de seguida al sotsdirector, segurament per evitar els pensaments que m'oprimeixen.

—Hem acabat. L'Andreas Khardakos ha confessat, i a més d'una manera més fàcil del que m'esperava.

—Per tant, podem convocar els mitjans de comunicació per a una roda de premsa.

—Sí. Només digui'm quan he de rebre els periodistes.

—Millor que vingui vostè al ministeri, comissari, perquè el director i jo volem ser-hi presents. L'avisaré del dia i de l'hora quan ho sàpiga. Molt probablement, demà.

Pengem i em quedo immòbil al despatx. És com si veiés davant meu el vell Khardakos i li volgués dir: «Per sort et vas suïcidar, Khardakos. I t'has estalviat el pitjor».

37

Quan les coses van bé a la feina, tornes a casa de bon humor. El guanyador del meu bon humor d'ahir va ser el meu net. M'hi vaig estar tota la tarda jugant fins a l'hora de dormir.

El meu bon humor es va transmetre als seus pares, però també a la meva dona. Així vam passar una de les nits més agradables del nostre aïllament al centre de detenció sanitària familiar, o sigui a casa de la meva filla.

Ahir també, abans de marxar de Prefectura, el sotsdirector em va informar que la roda de premsa estava prevista per avui al matí a les onze. Calculo que necessitaré unes dues hores per informar els meus superiors dels interrogatoris d'ahir. Per tant, no em queda gaire temps per passar primer per l'oficina. És possible que els meus superiors em convidin a un cafè, però del croissant, ja me'n puc oblidar.

Així que ara, a dos quarts de deu del matí, condueixo en direcció al ministeri. Per sort el volum de trànsit va en sentit contrari, cap al centre, i no trigo a agafar l'avinguda del Mediterrani.

El sotsdirector ja m'ha comunicat que la reunió preliminar sobre la roda de premsa tindrà lloc al despatx del director. Em donen la benvinguda cordialment, com fa tothom després de qualsevol èxit, independentment de la procedència.

—Podem estar satisfets i amb raó. Finalment hem resolt el trencaclosques —em diu el director.

—Vull dir vostè i els seus homes, comissari —aclareix el sotsdirector, que és més moderat, però que també té una relació més personal amb mi.

—Les forces de seguretat han resolt el cas. Hi ha hagut implicades la Unitat de Delictes Informàtics, Antiavalots, però també la resta de cossos policials —els explico, per abaixar el fums de tots plegats.

—Sigui com sigui, el ministre està entusiasmat —declara el director—. Ara expliqui'ns els detalls, per decidir què dir als periodistes.

Començo pel seguiment dels sospitosos, continuo amb l'intent frustrat de destrucció de vacunes a Oropós i acabo amb l'intent d'assassinat del doctor Ferekis. Els faig una breu descripció dels responsables i finalment arribo a en Khardakos. Tots dos s'han quedat sense saber què dir.

—¿Aquest és el fill del Khardakos que es va suïcidar? —acaba preguntant el director.

—No, el net. En la seva declaració ens va explicar que l'amor i l'admiració pel seu avi el van portar a la decisió de participar en el moviment de combatents del 2021.

—¿L'avi el va convèncer perquè organitzés una organització terrorista? —pregunta el sotsdirector.

—El motiu van ser els suïcidis de la gent gran, que van convèncer el net que havia d'organitzar un altre moviment, que considerava més efectiu.

Amb la conversa i les explicacions se'ns ha fet l'hora de la roda de premsa. —¿Què els diem, als periodistes? —pregunta el sotsdirector.

—Només la informació més general i imprescindible, per no interferir amb el jutge instructor —és l'opinió del cap.

Entrem a la sala on ens esperen tot de cares conegudes. El

director fa una breu introducció i de seguida em cedeix la paraula.

Començo amb l'atemptat de Santa Bàrbara i acabo amb l'intent d'assassinat d'ahir a Papagu. Acabo i els periodistes es queden, potser per primera vegada, mirant-me en silenci. S'hi esforcen, però no troben res per preguntar-me.

—Per Déu, ¿realment es pensen que les vacunes ens convertiran en un ramat de babaus? —em pregunta l'esprimatxada al cap d'uns segons.

—Això és el que van declarar durant l'interrogatori i, si he de ser sincer, fins ara no hem descobert cap altre motiu —li responc.

—¿I qui són els autors? ¿No tenen nom? —pregunta en Merikas.

—No se'ns permet revelar-ne els noms perquè el cas està sota secret de sumari —li respon el sotsdirector.

—Avui els posarem a disposició judicial. De la resta de detalls, els n'informarà la Fiscalia —afegeixo.

—Aquesta llei de privadesa és un gran obstacle a la informació —comenta la baixeta de les mitges roses, però no rep cap resposta.

La roda de premsa s'acaba i m'afanyo a tornar a Prefectura per coordinar el desenllaç de la investigació. Tot just arribo al despatx, m'espera una altra bona notícia.

—Hem comprovat els mòbils dels que estaven a la festa il·legal. Tots cinc pertanyen al grup dels combatents. Van participar en l'atac a la furgoneta a Aspropirgos i esperaven un senyal per atacar també a Oropós.

—Magnífic. Hem resolt el cas i hem detingut tota l'organització dels combatents del 2021 en ple. Poseu-los sota custòdia i envieu-los davant del jutge instructor. Hem acabat.

En Dermitzakis se'n va i li demano si us plau a la Stel·la

que m'aconsegueixi el meu cafè i el croissant de rigor, perquè al ministeri ens hem posat a discutir els detalls de la roda de premsa amb tanta pressa que fins i tot ens hem oblidat dels cafès.

M'he acabat el croissant i gaudeixo del cafè amb calma, quan em ve al cap en Zisis. ¿Què farà quan s'assabenti que el net del seu camarada era el cervell d'una organització terrorista que assassinava innocents? ¿Com reaccionarà? Està en una edat que no saps quines conseqüències poden tenir cops inesperats com aquest.

L'única solució perquè la notícia no li caigui com un llamp, o almenys que l'impacte sigui més suau, és que l'hi digui jo.

La Stel·la és a la seva oficina amb la Kula, repassant les transcripcions dels interrogatoris. Dic a totes dues que seré fora per un assumpte personal i que, si passa res, em truquin al mòbil.

Durant tot el camí intento triar la millor manera per explicar-li com ha acabat el cas. Finalment, arribo a la conclusió que he de començar per l'amor del net pel seu avi i després passar a la resta.

A l'asil regna un ambient agradable. Quan en Zisis em veu em saluda dient-me:

—¿Què hi fas aquí? ¿Fas festa, avui?

—He fet festa per venir a veure't.

Em mira, però ha après a no perdre el temps amb preguntes. De seguida em porta a la cantina, que mentrestant ha reobert. Seiem l'un al costat de l'altre, com si fóssim vells amics que es retroben.

—¿Què passa? —em pregunta quan seiem.

—Estigues tranquil. A nosaltres no ens passa res. Tots estem bé. He vingut a parlar amb tu d'una cosa que volia que sabessis per mi.

Començo amb un resum de l'intent d'assassinat a Papagu i acabo amb com vam localitzar el net d'en Khardakos.

—¿El net d'en Pavlos? —em pregunta, i em mira amb els ulls esbatanats.

—Sí, l'Andonis Khardakos.

—¿És un terrorista assassí?

—No, no és un assassí. Era el cervell de l'organització. L'avi era el cervell de l'organització dels suïcides i el net el de l'organització dels combatents del 2021. Durant l'interrogatori em va dir que tot va començar amb l'amor i l'admiració que tenia pel seu avi.

Començo a relatar-li breument la declaració que ens va fer l'Andonis Khardakos. De tant en tant torno a la relació d'amor i admiració del net per l'avi. Al final també li explico la teoria del net sobre el ramat social.

Quan sent que parlo d'aquest terme, s'enfurisma.

—¿Què es pensen, que acaben de descobrir Amèrica, aquests nois? ¿Es pensen que no sabíem que tots aquells a qui donàvem suport eren un ramat? L'única manera que deixessin de ser ovelles era reivindicar els seus drets. No era només lluitar per guanyar-se el pa de cada dia, sinó sobretot pels drets. Per això vam lluitar i ens van perseguir. Al seu avi, a mi i a tota la resta.

—¿Saps quines van ser les últimes paraules que vaig sentir dir al seu avi? Em va dir: «fins i tot ens han vençut els nostres nets».

—Tenia raó. Nosaltres som els vells derrotats, sí, però ells, en canvi, seran els nous —em respon.

—¿Per què ho dius?

—Quan s'acabi la pandèmia, els joves d'avui seran els nous proletaris, però amb titulacions universitàries —m'explica—. I estaran completament indefensos perquè no tindran ningú que els indiqui el camí.

El miro en silenci.

—Lambros, a banda de la nostra amistat, no pares d'obrir-me els ulls —li confesso.

Em mira i sacseja el cap.

—Em fa content que m'ho diguis. La nostra obsessió era segar, i vam trigar a entendre que per segar primer s'ha de sembrar. Això és exactament el que va fer en Khardakos. Va ensenyar el net a segar, però per desgràcia el noi es va equivocar de camp.

No em vull quedar més temps perquè sé que la conversa li burxa la ferida. Pujo al cotxe amb destinació a Prefectura. En Zisis em truca just quan entro a l'aparcament.

—¿Voleu que quedem aquest vespre, però només nosaltres tres? —em pregunta.

—Jo estic lliure. Parlo amb l'Adrianí i et truco.

—Només digues-li que no cuini. El sopar el portaré jo.

—¿Per què? —li pregunto sorprès—. Ja saps que l'Adrianí cuina per a la Katerina i també ens porta menjar. Això és el que fa sempre.

—Vull preparar un àpat en memòria d'en Khardakos —m'explica.

No hi insisteixo. Truco a l'Adrianí des del despatx. Li agrada molt la idea, però arrufa el nas quan li parlo del sopar.

—¿Per què ha de cuinar, ell? Jo faré el sopar, com sempre, i el portaré.

Li faig cinc cèntims del cas Khardakos i de seguida treu la conclusió correcta.

—Ja ho entenc. Vol fer un sopar per la seva ànima. Però millor que vingueu cap a les set, quan la Katerina hagi tornat de treballar.

Informo en Zisis i a continuació retorno als assumptes del servei, que no són més que detalls del cas.

38

Arribo a l'asil cap a les set. Excepcionalment, avui en Zisis no m'espera a l'entrada. Truco al timbre i m'obre.

—Un minut, només —em diu. S'inclina i agafa una cassola amb la tapa enganxada amb cel·lofana—. És una sopa. La posarem al darrere, entre els dos seients, perquè quedi fixa i no es vessi —m'explica. Obro una de les portes del darrere del Seat i assegura l'olla. Després torna a l'asil i reapareix amb una safata embolicada amb paper de plata—. Això és el segon. Pot anar al portaequipatges. —Finalment porta la bossa de plàstic amb la roba de recanvi.

Envio un missatge a l'Adrianí perquè ens esperi al carrer, davant de l'entrada de l'edifici de ca la Katerina. Quan arribem, ja hi és, també amb una bossa de plàstic a la mà.

—¿Què és això? —li pregunta en Zisis intranquil, perquè sap que és tossuda i s'ensuma que al final haurà cuinat.

—La meva roba i una ampolla de vi. A casa se'ns ha acabat i n'he agafat una de la Katerina.

Quan arribem a casa, en Zisis treu primer l'olla i després la safata. L'Adrianí es queda sense paraules

—¿Per què no m'has dit que obríem un *take away?* —li pregunta, fent servir una expressió en anglès que ha après amb la pandèmia.

—Això és el sopar, però no vull que l'obris —l'adverteix en Zisis—. El veuràs quan el porti a la taula.

L'Adrianí no hi insisteix. En Zisis es treu les sabates i porten plegats l'olla i la safata a la cuina. Després ens canviem de roba i acabem a la sala d'estar.

—¿Pensaves mirar les notícies? —em pregunta la meva dona.

—No en tinc ni motius ni ganes —li responc.

Aleshores l'Adrianí es posa a parlar del seu tema preferit, que són les proeses del nostre net, però també que està nerviós perquè no pot anar a passejar com feia abans.

—La Katerina ha parlat amb en Fanis i li ha dit que en Lambros ha de sortir a fer ni que sigui una volteta al dia. Si no, d'aquí a uns anys hauran de demanar a la Mània per un psiquiatre infantil. En Fanis ha acabat cedint i a partir de demà reprendrem les passejades. —Mira el rellotge—. És hora de parar taula, per evitar el toc de queda.

—No hi pateixis, que tornarà amb escorta policial —la tranquil·litzo.

—Jo també vaig a escalfar el que he portat —li diu en Zisis.

Em quedo sol mirant com l'Adrianí para taula.

—A l'olla hi deu haver sopa, perquè m'ha dit que pari plats fondos —m'explica.

No faig cap comentari. L'Adrianí porta els gots per al vi i un cullerot. L'últim que porta a la taula és l'ampolla de vi blanc.

En Zisis arriba amb l'olla en primer lloc. Seiem a taula i en Zisis omple els gots de vi i alça el seu.

—Vull fer un brindis en record d'un vell amic meu, en Pavlos Khardakos, que va morir a una edat avançada ara fa uns dies —ens explica—. La sopa que he fet està dedicada a la seva memòria.

—Hauries d'haver-nos dit que volies fer un sopar de difunt, que jo també hauria preparat algun plat en memòria del teu amic —li diu l'Adrianí.

En Zisis la mira.

—Sopar de difunt... Quants anys feia que no sentia aquesta expressió —mormola.

—Des dels temps de la teva mare —li recorda l'Adrianí amb absoluta certesa.

—Tens raó.

Buidem els gots en record del difunt Khardakos, però la curiositat no deixa viure l'Adrianí. Amb l'últim glop aixeca la tapa de l'olla i observa la sopa. Com que no és capaç d'emetre una opinió, pregunta a en Zisis:

—¿Quina sopa és aquesta?

—És borsx —li explica.

—¿Borsx? No la conec.

—Una sopa a base de remolatxa. Me la va ensenyar a fer un amic que va estar exiliat a la Unió Soviètica després de la guerra civil.

Ens serveix la sopa. L'Adrianí i jo ens empassem lentament la primera cullerada per assaborir-ne el gust.

—Lambros, et felicito. És excel·lent —li diu la meva dona.

—Acabo de rebre un elogi gràcies al meu amic Khardakos. No em puc queixar —li respon en Zisis, i esclafim el riure.

Gaudim en silenci de la sopa, que realment és molt saborosa. M'aixeco per omplir-me de nou el plat, però en Zisis m'atura.

—No t'afartis de sopa, que hi ha un segon plat —em diu—. A més, la que sobri es quedarà aquí, per a vosaltres.

L'Adrianí recull els plats mentre en Zisis porta l'olla a la cuina. Torna de seguida amb la safata del forn.

—Això és un milfulls de pollastre fet amb la recepta de la meva mare, que va néixer a l'Àsia Menor —ens diu.

L'Adrianí assumeix la tasca de tallar el pastís i repartir-lo als plats. Després de fer el primer mos, li diu a en Zisis:

—Lambros, ¿me'n donaràs la recepta?

En Zisis l'observa amb aire seriós.

—A veure, Adrianí, et vaig ensenyar a fer el pastís de verdures i ara ja em passes la mà per la cara. Deixa'm fer alguna cosa que tu no sàpigues fer.

El comentari em fa riure, però l'Adrianí em mira enfadada i s'aixeca per desparar taula. En Zisis l'atura, però.

—Espera't. Encara no hem acabat. —Agafa el got de vi i s'asseu en una butaca. El seguim amb curiositat—. Ara vull aprofitar l'ocasió d'aquest sopar per parlar d'una altra cosa —diu a manera d'introducció—. La mort d'en Pavlos ha fet sonar un timbre dins meu. Des del dia de la seva mort, no puc treure'm del cap dos pensaments. El primer, que he tingut sort a la meva vellesa. L'asil ha estat un escut contra el sentiment de derrota i la desesperació. M'ha donat forces i m'ha mantingut dempeus. El segon pensament és que la meva generació s'acaba. En qualsevol moment m'arribarà el torn.

—Para —li crida l'Adrianí fora de si—. Avui estem de dol pel teu amic, no per tu a l'avançada.

—¿A què treu cap ara amargar-nos la nit? —li dic.

—No us vull amargar la nit. A més, no és només la mort. També és quants anys més em permetrà la vellesa continuar dret i lluitar. —Primer mira l'Adrianí i després a mi—. Si en algun moment no puc més o si em passa alguna cosa a l'edat que tinc, us vull demanar que us feu càrrec de l'asil. No vull que tanqui i que els que tenen necessitat d'un sostre es quedin al carrer, o que l'Ajuntament hi posi al capdavant un funcionari municipal que els farà la vida impossible.

Calla i nosaltres també.

—No cridis el mal temps, home, que estàs fet una criatura i els residents brinden en nom teu —l'anima l'Adrianí.

—No he dit que us n'hagueu de fer càrrec a partir de demà —li respon amb calma i es gira cap a mi—. Kostas, sé que encara estàs en actiu, però si les coses es torcen, l'Adrianí pot fer-se càrrec de l'asil fins que et jubilis i després encarregar-vos-en junts.

L'Adrianí s'aixeca i s'acosta a en Zisis. L'abraça per l'esquena i li fa un petó a la galta.

—Gràcies, Lambros —li diu—. És un gran honor per a nosaltres. Jo ho accepto amb molt de gust.

—Jo també —dic emocionat.

L'Adrianí el mira amb un somriure maliciós.

—Ja es veu que els teus orígens són d'Àsia Menor —li diu.

—Els tinc, sí, però ¿per què ho dius ara? —diu en Zisis desconcertat.

—Perquè totes les teves propostes van acompanyades d'un menjar deliciós.

Esclatem a riure, mentre en Zisis ens torna a omplir els gots de vi. Aquesta vegada ens aixequem i brindem plegats.

—M'hi emportaré el petit Lambros fins que vagi a la llar d'infants —li diu la meva dona—. Per a ell, l'asil serà la millor llar d'infants que hi pugui haver. Serà una gran alegria viure i créixer entre gent que l'estimarà.

—Gràcies, Adrianí —li diu en Zisis, emocionat—. Li anirà molt bé, al meu fillol, créixer coneixent la cara feliç i riallera de la pobresa.

Vet aquí la diferència que cerca la Katerina per al seu fill. En Lambros no només es llicenciarà amb els seus companys de carrera, també haurà estudiat a la gran facultat de la pobresa.

Col·lecció L'Ull de Vidre

29. Mort a Istanbul
    Petros Màrkaris

30. El fill del vent
    Henning Mankell

31. Una trobada
    Milan Kundera

32. L'home inquiet
    Henning Mankell

33. Han vingut uns amics
    Antoni Marí

34. L'ull del lleopard
    Henning Mankell

35. Tea-Bag
    Henning Mankell

36. Un dia tranquil
    Ponç Puigdevall

37. Un hotel a la costa
    (Tossa de Mar, 1934-1939)
    Nancy Johnstone

38. Il·lustrat
Miguel Syjuco

39. Assassins sense rostre
Henning Mankell

40. Records d'un carreró sense sortida
Banana Yoshimoto

41. Amb l'aigua fins al coll
Petros Màrkaris

42. Factures pagades
Manuel Foraster

43. La cinquena dona
Henning Mankell

44. Un àngel impur
Henning Mankell

45. L'atzar favorable
Ponç Puigdevall

46. Suïcidi perfecte
Petros Màrkaris

47. Llibre d'absències
Antoni Marí

48. Liquidació final
Petros Màrkaris

49. El llibre del riure i de l'oblit
Milan Kundera

50. Pa, educació, llibertat
Petros Màrkaris

51. Ossos al jardí
Henning Mankell

52. Lisboa direcció París
Manuel Foraster

53. La insuportable lleugeresa de l'ésser
Milan Kundera

54. La festa de la insignificança
Milan Kundera

55. Fins aquí hem arribat
Petros Màrkaris

56. El llarg procés
Cultura i política a la Catalunya contemporània (1937-2014)
Jordi Amat

57. Arenes movedisses
Henning Mankell

58. La mort d'Ulisses
Petros Màrkaris

59. D'incògnit
Ponç Puigdevall

60. La vida és lluny d'aquí
Milan Kundera

61. Un lloc perillós
Jordi Ibáñez Fanés

62. Botes d'aigua sueques
Henning Mankell

63. Sabadell Grand Central, Nova York Rambla
Manuel Foraster

64. Offshore
Petros Màrkaris

65. L'amic de la Finca Roja
Mercè Ibarz

66. El vas de plata
Antoni Marí Muñoz

67. Catalans de 1918
J.V. Foix i Mas

68. Un quartet
Jordi Ibáñez Fanés

69. Universitat per a assassins
Petros Màrkaris

70. El naufragi
Lola García

71. Quan la història et crema la mà
Miquel Berga

72. L'hora dels hipòcrites
Petros Màrkaris

73. Ètica per a inversors
Petros Màrkaris

74. Infern, Purgatori, Paradís
Jordi Ibáñez Fanés

75. Quarantena
Petros Màrkaris

76. Un Occident segrestat
Milan Kundera

77. La fragilitat del món
Joan-Carles Mèlich

78. La confabulació dels suïcides
Petros Màrkaris